뱅상 식탁

뱅상

Vincent Table

식탁

ㅂ*
ㄹ

뱅상 식탁은 나 혼자 요리하고, 서빙하고, 운영하는 공간이었다. 나는 뱅상 식탁을 100% 예약제로 운영했다. 런치와 디너에 각각 네 테이블만 받았다. 한 테이블에는 두 명만 앉을 수 있었다. 두 사람이 출입문 앞에서 인터폰으로 연락하면 사장인 내가 문을 열어 주었다. 안으로 들어온 사람들이 처음 마주하는 곳은 주방이었다. 테이블이 4개만 있는 것에 비해 커다란 주방을 거치지 않고서는 안으로 들어설 수 없었다. 조심조심 주방을 가로질러 문을 열면 바깥으로 어두운 복도가 이어졌다. 나는 사람들이 왜 좋아하는지 모르겠는 예스러운 램프를 들고 손님을 안내했다. 특징 없는 복도를 조금 걷고 나면 램프를 테이블에 내려놓고는 두 사람의 어깨를 가볍게 밀었다.

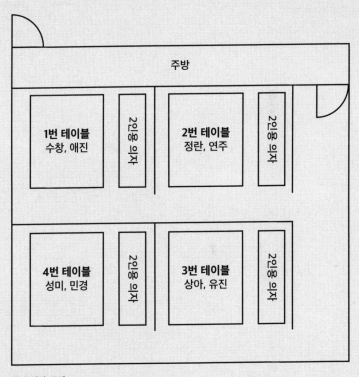

주방

| 1번 테이블 | 2인용 의자 | 2번 테이블 | 2인용 의자 |

1번 테이블
수창, 애진

2인용 의자

2번 테이블
정란, 연주

2인용 의자

4번 테이블
성미, 민경

2인용 의자

3번 테이블
상아, 유진

2인용 의자

뱅상 식탁 도면

목차

1부

연구 배경

공간의 성장 혹은 쇠퇴는 사람을 변화시킬 수 있다. 나문시가 그랬다. 나는 나문시 서현지구 일대에서 자랐다. 뭐 내가 자라던 때에는 시와 군의 경계에 있는, 아무것도 없는 동네였지만. 그렇다. 그곳은 10년 전만 해도 황폐했다. 주인들이 돌보지 않아 버려진 공터에는 잡초들이 자랐다. 간간이 풀을 솎고 관리한 텃밭은 인근에 사는 노인들이 멋대로 토마토며 상추 따위를 심는 곳이었다. 그마저도 많지 않았다.

그러나 모종의 이유로 10여 년간 전혀 실행되지 않던 개발 계획이 급물살을 타며 서현지구는 크게 달라졌다. 고향을 떠났다가 오랜만에 귀향한 이들은 서현지구의 달라진 모습을 보고는 입을 쩍 벌릴 수밖에 없었다. 정체된 웅덩이처럼 보였던 고장, 천천히 노령화되어 자연 소멸할 것처럼 보였던 이곳에 누군가 커다란 수로를 낸 듯 사람과 돈이 밀물처럼 쏟아져 들어왔다. 긴 이름의 고층 아파트들, 새로 지은 학교들, 간판을 크게 내건

학원가와 더 큰 간판을 단 유흥가가 생겨났다.

다달이 세를 내며 사는 사람들에게는 재난이었다. 외지인이 거의 없던 구도심과 달리 서현지구에는 여러 유형의 사람이 섞여 살았다. 신접살림을 구옥에 차리고 싶지 않았던 신혼부부들이 가장 먼저였다. 하지만 곧 집값이 치솟으면서 이들은 소수가 되었다. 다음으로 입시에 총력을 기울인 수험생 가족들이 옮겨왔다. 분당에서 차로 한 시간이 안 걸리는 데 반하여 집값은 십분의 일에 불과한 덕에 고단한 가장들이 긴 출근길을 제물로 바쳤다. 그렇게 서현지구는 나문시의 중심이 되었다. 구도심에 거주하는 사람들조차 서현지구에서 여가를 보냈다. 모두가 잘 살았다.

나만 빼고.

*

'뱅상 식탁'이라는 아리송한 이름의 레스토랑이 처음 생겼을 때, 사람들은 이름보다는 괴상한 위치 때문에 의아함을 가졌다. 온갖 업종—편의점, 병원, 학원, 사무실과 헬스장 등등—이 몰린 10층짜리 상가 건물인 동남빌딩 9층에 개업한 탓에 이를 지켜보던 열 중 아홉은 이렇게 말했다고 들었다. "9층에 이탈리안

레스토랑? 서현지구 광풍이 도를 넘었네. 한 달이나 가려나."

예상과 달리 뱅상 식탁은 금세 핫 플레이스가 되었다. 바로 그 위치, 그리고 독특한 구조 때문이었다.

뱅상 식탁은 나 혼자 요리하고, 서빙하고, 운영하는 공간이었다. 나는 뱅상 식탁을 100% 예약제로 운영했다. 런치와 디너에 각각 네 테이블만 받았다. 한 테이블에는 두 명만 앉을 수 있었다. 두 사람이 출입문 앞에서 인터폰으로 연락하면 사장인 내가 문을 열어 주었다. 안으로 들어온 사람들이 처음 마주하는 곳은 주방이었다. 테이블이 4개만 있는 것에 비해 커다란 주방을 거치지 않고서는 안으로 들어설 수 없었다. 조심조심 주방을 가로질러 문을 열면 바깥으로 어두운 복도가 이어졌다. 나는 사람들이 왜 좋아하는지 모르겠는 예스러운 램프를 들고 손님을 안내했다. 특징 없는 복도를 조금 걷고 나면 램프를 테이블에 내려놓고는 두 사람의 어깨를 가볍게 밀었다.

"오늘 식사하실 자리입니다. 핸드폰을 포함한 모든 전자기기는 이 바구니에 넣어 주세요. 나가실 때 돌려드리겠습니다. 사진 및 동영상 촬영은 금지입니다."

상대에 대한 온전한 집중. 그게 뱅상 식탁이 추구하는 바였고 영업이 선전하는 이유였다. 네 개의 테이블은 주방으로부터 2열

종대로 배열했는데, 꼭 독서실 같았다. 손님을 인도하는 입구를 제외하면 삼면은 막혀 있었다. 각 테이블은 벽에 닿았으며 의자는 반대편 벽에 고정되었으므로 두 사람은 마주 보는 대신 무조건 같은 곳을 보고 앉는다. 나란히 텅 빈 벽을 보며 대화하고 음식을 씹어 넘기다. 추가 주문이나 계산을 원하면 테이블 위에 놓인 종을 흔들면 된다. 나는 그 소리에 동물처럼 반응했다. 최소한으로 움직였지만 손님이 돌아갈 때는 허리를 과하다 싶을 정도로 깊이 숙였다. 거기엔 무사히 미션을 수행했다는 안도감이 배어 있었다.

금지된 것이 더 매혹적인 법인지, 다수가 몰래 내부를 촬영하고 사진과 영상을 SNS에 업로드하면서 뱅상 식탁은 유명세를 탔다. 음식은 특별하지 않았다. 군대에서 취사병으로 복무했지만 요리에 재능은 없었다. 파스타, 리소토, 스테이크, 샐러드 등은 시판 소스를 베이스로 사용했고 재료도 평범했다. 사람들은 맛보다는 괴상하고 비밀스러운 운영 방식에 열광하는 모양이었다.

우습다.

적어도 사장인 나, 정빈승이 보기에는 그랬다. 나에 대해 아는 나문시민은 거의 없었다. 두어 다리만 건너면 다 아는 좁은 동네였지만 나는 예외였다. 과거뿐 아니라 현재의 신상도 마찬가지다. 옆 가게 사람들도 내가 출퇴근하는 모습을 보지 못했을 것이다. 관계가 끈끈한 구도심에서였다면 적잖이 문제였을 텐데, 서현지구라 넘어갈 수 있었다. 다들 젊은 외지인이라고 여겼을 테니까.

나문시에서 내가 어떻게 간신히 버텨 온 인간인지 모를 것이다.

*

디너 타임의 마지막 테이블이 나갈 즈음이 되면 나는 완전히 힘이 빠져 정신을 바짝 차리려 안간힘을 썼다. 가게가 텅 비면 작은 스툴에 앉아 온종일 고된 노동을 한 손목에 파스를 붙이는 게 일과의 마무리였다.

*

그리고,

노트를 펼치고는 녹음기를 켠다. 거기엔 하루 동안 이곳을 스쳐 간 여덟 테이블의 대화가 전부 들어 있다. 그중에서 필요한 것만 추린다. 절대로 즐겁거나 행복하지 않은 말들이 담긴 것들로. 막장 단막극 같은, 도저히 인간이란 집단을 좋아하게끔 만들 수 없는 대화가 많은 것들을 고른다. 설계자가 바라니까, 아무래도.

뱅상 식탁의 설계에는 분명한 의도가 있다. 누군가는 관음의 버릇을 가진 미치광이가 만든 가두리 양식장 같다고 여기겠지. 내가 누군가의 사주를 받아 이곳을 설계하고 사장이 되었다는 사실은 아무도 모른다. 그런 생각을 하자 나도 모르게 뚝뚝 소리 내며 고개를 여러 번 꺾고, 발뒤꿈치로 스툴 바닥을 툭툭 쳤다. 지난해 즈음 생긴, 새로운 버릇이다.

*

그 목소리를 언제부터 들었을까? 명확하지 않다. 처음에는 무시했다. 요즘 스트레스가 심했다고 기어이 환청까지 듣는구나, 하며 자괴감에 빠지기도 했다. 계속해서 들려오는 목소리를 무시하고 싶었지만 결국 인터넷을 뒤졌다. 우울증은 현대인의 감기라며 병원에 가는 게 좋겠다는 다정한 조언에 따라 정신과에 갔다. 의사는 나의 고난을 흔한 투정으로 취급했다. 누구나 그런 지옥 같은 하루를 보낸다니? 속은 썩어 문드러졌어도 겉으로는 웃으며 사는 거라고? 말도 안 돼, 어떻게 그런 걸 참나.

믿을 수 없었다. 나만이 실패하고 나만이 구덩이에 빠져 있다고 여겼다. 선명한 누군가의 목소리만큼은 절대 우울증의 산물이 아니리라 확신했다.

몇 번의 상담 끝에 의사의 얼굴에 침을 뱉고 나오던 날, 처음으로 목소리에 순응했다. 내내 환청이라 여겼으면서, 왜 갑자기 듣고 싶어졌을까. 이유는 간단했다. 이젠 죽는 수밖에 방법이 없다고 생각했기 때문이다. 죽기 직전에는 뭐든 할 수 있으니.

-정류장 옆 복권 판매점 보이죠? 저기서 1만 원어치 사요.

시키는 대로 했다. 어차피 곧 죽을 텐데. 그게 평소에는 비웃던 행동을 가능케 만들었는지도 모른다. 복권을 손에 들고나오자 귓가에서 밝게 웃는 목소리가 들렸다. 어린 여자의 음성으로, 존댓말을 썼다. 처음부터 그랬다는 사실을 그제야 깨달았다.

복권은 1등에 당첨되었다. 이후로는 불복할 수 없었다.

-정체가 뭐야?

당첨 사실을 확인하고는 덜덜 떨리는 손을 보며 질문을 던졌다. 곧장 답이 도착했다.

-미미.

목소리는 이어 말했다.

-빈승 씨, 행복해 보이네요.

복권 당첨 후 미미의 첫 지시는 성형수술이었다. 얼굴을 뜯어 고치고 나니 허리를 펴고 고개를 든 채 다닐 수 있었다. 그다음 으로 뱅상 식탁을 열었다. 괴상한 구조 역시 미미의 아이디어였 다. 정확히는, 자고 일어나 보니 머리맡에 레스토랑 설계도가 떨어져 있었다. 연필은 등과 침대 시트 사이에 깔려 있었다.

"희한한 설계네. 이렇게 가면 주방이 시끄러울 텐데 괜찮겠어 요?"

시공업자의 말대로 테이블끼리는 다른 테이블에서 나는 소 리를 거의 들을 수 없는 반면 모든 테이블에서의 대화는 온전히 주방에 흘러들었다. 나는 입을 꾹 다문 채 그들의 대화를 들으 며 면을 삶고, 채소를 썰고, 간을 봤다. 외롭진 않았다. 미미가 있으니까.

-진짜 사람들이 다 저렇게 사네요. 그렇지 않아요? 속고, 속이면서 요. 포장만 잔뜩 해 놓고. 너무 무서워.

"모든 사람이 저런 건 아니야."

소리 내어 하는 답은 짧고, 묵음의 답은 언제나 훨씬 길다.

-이 공간을 마련한 건 너잖아. 음침하고 폐쇄적인 공간을 마 련하고는 여기 모여드는 인간을 모두라 칭하는 건 무리야. 대다 수는 그렇지 않다고. 너는 일반화의 오류를 범하고 있어. 특정 한 종류의 샘플을 모으기 위해 의도적인 공간을 만들고는 그걸

전체로 확대 해석하고 있다고.

　-음침하다고요? 너무해. 나는 사람들을 관찰하고 그들의 대화를 듣고 그것을 기록하는 업무를 맡았을 뿐이에요. 실무자는 빈승이에요.

　미미 말이 맞다. 처음에 미미는 자신을 대규모 실험에서 일종의 기록 업무를 맡은 연구원이라고 소개했다. 실험이라고 했을 때 나는 현미경 따위를 떠올렸다. 어린 목소리를 가진 여자와 어울리지 않는다고 생각했다. 그러나 흰 가운은 취향에 맞았다. 오래전에 잠깐 나도 과학자를 꿈꾸었던 것 같기도 했다. 정확히는 인간을 실험하는 과학자랄까, 전쟁사에 나오는.

　-항상 궁금했거든요. 두 인간의 관계에 따라 어떤 다른 대화가 오가는지.

　-그저 그런 이야기겠지.

　-우리는 그저 그런 그게 궁금한 거예요.

　그리고는 화살을 나에게 돌렸다.

　-빈승은 누군가와 단둘이 만날 때 무슨 대화를 하나요?

　말문이 막혔다. 시간을 거꾸로 헤아렸다. 시공업자, 성형외과 의사, 당첨금 수령을 위해 갔던 농협 직원…… 그리고 절연한 부모와의 마지막 통화를 제하면…….

─좋은 대화. 인간미 있는 대화.

거짓말이다. 나를 루저로 여기던 PC방 알바, 월급을 떼먹은 프랜차이즈 사장, 부모에게 물려받은 빌라로 평생 펑펑 놀고먹을 20대 집주인. 그전에, 그전에는……

─내가 동료를 잘못 골랐나. 거짓말을 하네요.

"가지 마."

나는 급하게 말했다. 나도 모르게 입 밖으로 소리를 내고 말았다.

─나도 항상 상처받았어. 사람도 싫고.

미미는 작게 한숨 쉬더니 축축한 목소리로 말했다.

─내가 빈승을 고른 건 당신의 상처 때문이에요. 그렇게 많은 상처를 받았는데도 너무나 상급 인간이더라고, 빈승은. 도덕성은 물론이고, 모든 스탯이 너무나. 보편적인 인간을 대변하기에는 무리가 있지만 그런 사람만이 우리랑 일할 수 있어요.

그 말에 별안간 우쭐해졌다. 동감이다.

─무슨 일을 시키고 싶은 건데?

내 질문에 잠시 숨을 고른 미미가 드디어 본론을 꺼냈다.

─일종의 '실험'이죠. 우린 인간의 본모습을 보고 싶어요. 처음엔 글자로 판단하려고 했는데 흠결 많은 인간이 고고한 척하며 기록하는 걸 보니 도저히 믿을 수가 없었어. 신뢰도가 전혀 없단 말이에요. 이

후 세대를 위해서도 큰 문제예요. 그러니 가감 없이 실험하고 관찰하고 기록할 누군가 필요한 거예요. 상급 인간만이 할 수 있는 일. 아무나 할 수 있는 게 아니에요.

무얼 어떻게 하라는 뜻일까. 목덜미에서 어느새 땀이 흘렀다.

-여긴 일종의 실험실인 거죠. 빈승, 당신은 이곳에서 보고 들은 모든 걸 어떤 왜곡도 없이 그대로 기록해요. 우리가 원하는 건 그거 하나예요. 그래서 우리가 당신에게 도움을 줬다면, 이해가 되나요? 이모든 쓰레기를 치우침 없이 양심적으로 기록할 상급 인간이라 접근했다면……, 그러면, 혹시 기분이 나쁜가요?

-절대 아니야.

나도 원하던 바였다. 말만 번드르르한 인간들의 허점을 헤집는 것.

-겨우 이걸 시키려고 나한테 이 많은 공을 들인 거야? 고작나 같은 인간에게…….

-자신을 포장할 줄 모를 정도로 정직하고 고결하여 큰 손해를 본 사람에게 내가 해 줄 수 있는 최선이에요. 새로운 삶.

그런 생각은 하지 못했다.

—— **2부** ——

연구 과정

2024.7.6.토 / 런치 / 테이블 No. 1

근래 부쩍 장년 커플이 늘어나고 있다. 남자는 60대 중반 정도. 정년을 막 지난 얼굴이다. 눈에 불을 켜고 넘쳐 나는 시간을 보낼 곳을 쫓아다니는 타입이랄까. 조금 더 시간이 지나 자신이 어떻게 마르고 고꾸라질지 예상하지 못하는…… 상당히 멋을 부렸다. 셔츠는 바지에 넣어 입었고 벨트라인이 정면으로 불룩한 포물선을 그리지 않는 것을 보니 몸매에 어느 정도 자신감이 있어 보인다. 머리를 염색하지 않은 건 분명 의도가 있다. 컷이 워낙 섬세해서 오히려 티가 더 나기 때문이다. 셔츠 가슴팍 주머니에는 만년필이 꽂혀 있을 테지. 볼펜은 아닐 거다. 매장에 들어와서는 내내 주변을 두리번거린다. 무언가 마음에 들지 않는 게 분명하다.

같이 온 여자는 그보다 조금 어린 것 같다. 마른 몸에 커다란 눈, 여기에 턱이 좀 짧아 조로증에 걸린 것처럼도 보인다. 옷차림은 신경 쓰지 않은 듯하다. 민소매에 가까운 헐렁한 반팔 티셔츠에 중장년 여성들이 애용하는 7부 레깅스를 받쳐 입었다. 신발은 통굽 샌들. 몹시 나른하게 웃고 있는 인상이다. 갱년기인지 "덥다"를 연발하며 연신 손부채질하더니, 식전 빵이 나갈 때쯤 보니 거의 풀린 웨이브 중단발을 아예 묶었다. 머리끈이 아니고 노란 고무줄로.

이래저래 이질적인 한 쌍이다. 당연히 부부는 아닐 테고. 한눈에 봐도 알 수 있다. 하지만 아리송하다. 불륜이라고 하기엔 남자는 너무 각을 잡았고 여자는 너무 안일하게 입었다. 사랑이 아니라면 남녀가 무엇이 될 수 있지? 떠오르지 않는다. 파스타 위로 치즈를 갈며 조금 더 들어 보기로 한다.

*

"어쩜. 교장 선생님은 어떻게 이런 곳을 다 알아요? 애들 오는 데를."

"거, 교장 선생님이라고 부르지 말라고 해도. 애진 씨 참, 말씀을 참 안 들으셔."

수창은 애진을 안쪽으로 들여보내고 통로 쪽에 앉았다. 애진은 가게 구석구석을 둘러보더니 테이블에 놓인 '오늘의 메뉴'를 정독했다. 수창이 말했다.

"여긴 메뉴가 매일 바뀐다나 봐. 주인장이 그날그날 메뉴를 정해 주는 거지."

"그것도 요새 애들 취향인가 봐요, 그렇지 않아요?"

요새 애들 타령 좀 그만하지, 하고 수창은 속으로 중얼거렸다. '요새 애들'에게 받은 수모를 생각하면 속이 싸하게 아파 왔다. 경험도 연륜도 가치관도 사상도 없으면서 남 물어뜯기만 잘하는 것들.

"그나저나 사모님은 참 좋으시겠어요. 멋진 데이트 코스를 척척 알아 와서 같이 다니셨을 테니까. 그래서 교장 선생님이 쓴 소설도 그렇게 절절했던 거지요, 아무래도?"

다섯 달 전인 올 2월, 오리엔테이션 자리에 앉은 수창은 팔짱을 낀 채 입술을 말고 있었다. 학칙이며 규정을 설명하는 학과 대표라는 놈이 자꾸만 자신을 흘끔대며 몇 번이나 내용을 반복하는 꼴이나 유일하게 자신의 양 옆자리만 비어 있단 사실에 마음이 잔뜩 상했으나 내색하지 않으려 노력 중이었다. 이대로 집에 가면 분명 내 기분을 들킬 텐데. 이후 상황은 뻔했다. 아내는 그러게, 왜 나이 들 대로 들어서 안 하던 짓을 하느냐고 타박해 댈 게 분명했다. 평정심을 유지해야 했다. 그래, 제아무리 예술을 배우러 왔다 해도 젊은 애들이라 자기들끼리 우르르 몰려다니는 게 당연하다고 애써 자신을 위로했다. 따지고 보면 수창이 평생 봐 왔던 10대들과 다름없는 나이 아닌가. 내가 쓴 소설을 읽으면 곧장 태도가 바뀔 테지. 그렇게 생각하니 나름대로 즐거운 경험일 듯했다.

오리엔테이션이 중반쯤 진행되었을 때, 강의실 뒷문이 살그머니 열렸다. 부스스한 머리를 한, 수창 또래의 여자였다. 여자는 고개를 빼꼼 내밀더니 아들뻘일 과대표에게 멋쩍게 웃어 보였다.

저 추레한 여자는, 청소부인가? 수창은 그렇게 생각했다.

"수업 시간에도 말씀드렸지만 저는 교장 선생님 소설이 참 좋았어요. 세상에 젊은 독자만 있나요. 우리처럼 나이 든 독자한테 맞는 이야기도 있는 거지."

그래도 좋은 작품은 시대를 뛰어넘어 살아남지 않습니까, 말하며 수창은 집게로 샐러드를 떠서는 애진의 앞접시에 올려 주었다. "세심도 하셔라." 애진은 감탄하며 포크로 풀을 헤집었다.

수창은 깔깔한 입으로 반으로 잘린 방울토마토를 씹었다. '우리처럼 나이 든'이라는 표현도 함께 씹었지만 영 질겨 잘 삼켜지지 않았다. 어떻게 애진은 수창을 같은 층위로 여길 수 있단 말인가? 수창이 보기에 애진은 일일드라마에 나오는 억척스러운 할머니 역할에나 알맞았다. 자신은 달랐다. 실상 수창이 가꾼 모든 게 애진과는 결이 전혀 달랐다. 수창이 꿈꾸었던 소설가로서의 새로운 인생 또한……

"나 참, 젓가락이 있으면 좋겠는데. 이런 데를 온 적이 거의 없어서, 티가 나네요. 칠칠찮게……. 젓가락을 가져다 달라고 하면 혹시 주려나요?"

수창이 잠시 딴생각한 사이 양념을 잔뜩 묻힌 파스타 면이 그릇 밖을 나뒹굴고 있었다. 수창은 숨을 천천히 들이마셨다. 그리고 빠르게 내쉬며 억지웃음을 지었다. 애진에게 가르쳐야 할 게 적잖았다.

아내가 당장 나타나도 오해하지 않을 거라는 확신이 생기는 순간이었다. 아무리 노력해도 성적 매력이라곤 찾아볼 수 없는 여자와 어디서 몇 끼를 먹든 무슨 상관이람. 애진의 남편이라면 모를까.

애진의 남편은 어떤 사람일까. 그러고 보니 애진은 한 번도 남편 이야기를 한 적이 없다. 수업에서 딸뻘인 동기들이 모녀의 애증과 반목에 대한 단편을 발표했을 때 애진은 "두 아이의 엄마인 내가 읽기에……"로 시작하는 평을 자주 남겼다. 그 애들의 날만 잔뜩 선, 모자라고 불쾌한 글에 과분한 칭찬을 해댔다. 애진의 평에는 학문적인 어휘나 이성적인 시선이 없었다. 대신이 이야기를 읽은 자신이 오늘 집에서 아들에게 무슨 말을 할지만 떠들었다. 혹은 여상에 다니던 시절이나 어려서부터 일하며수모를 겪었던, 또는 갓난쟁이 아이를 둘러업고 야반도주하듯동네를 떠나야 했던 기억을 털어놓았다. 그러고는 잘 읽었다고, 숨겨진 사람들의 상처를 가시화하는 이야기를 써 줘서 고맙다고 했다. 초등학생 감상문도 아니고……. 수창은 그런 이야기는 누구나 할 수 있다고 여겼다. 애진의 태도는 교육 측면에서옳지 않다고 생각했다. 길 가는 중년 여성 누굴 붙잡고 물어도그만큼의 서사는 있을 것이었다.

수창의 아내는 흔한 중년 여성이 아니었다. 쉰이 넘은 지금도 44사이즈를 유지하는 것은 물론 사회 전반에 해박한 지식을 가진 인텔리였다. 두 사람은 수창이 평교사였을 때 처음 만났다. 담임을 홀린 맹랑함과 센스는 지금도 녹슬지 않았다. 꼿꼿한 자세와 대칭적인 입꼬리도 무너지지 않았다. 지금도 열에서 스무살은 어린 수창네 학교 교사들을 집에 초대해 이것저것 알려 준다면서 군림했다. 수창의 화려한 정년퇴임식도 아내의 기획이었다. 그날, 젊은 교사들이 다 그러지 않았는가. "와, 이거 찍어서 인스타에 올려야겠어요." 그런 아내를 가진 게 수창의 자존심이기도 했다.

야간 대학원에 간 것도 아내 앞에서 주눅 들고 싶지 않아서였다. 퇴직한 이후 부쩍 자신을 늙은이라고 얕보는 태도가 거슬렸다. 만학도가 많을 줄 알았는데 무슨 조화인지 동기들은 수창과 애진을 제외하고는 끽해야 30대 후반이었다. 둘은 어쩔 수 없이 가까워졌다. 어린애들의 명랑한 혐오에 대응할 방법은 그것뿐이었다. 연락처를 공유하고, 뜨문뜨문 대화를 나누고 과제 마감일을 확인받을 유일한 상대였다.

대화가 급물살을 탄 것은 둘의 단편소설 과제 제출일이 겹쳤을 때였다.

'교장 선생님. 아무리 써도 진도가 나가지 않아요. 선생님은 잘 쓰고 계시지요? 워낙 수업에서 활약을 많이 하셔서, 다들 교장 선생님 소설을 기대하고 있을 겁니다. 저도 마찬가지고요……'

새벽 세 시쯤 도착한 애진의 긴 메시지에 수창은 곧장 답하지 않으려 했다. 다 썼다고 하면 얼마나 좌절할까 싶어 여섯 시간 묵힌 9시에 '지금 일어났습니다' 하고 답하리라 생각했다.

그러나 손이 자기도 모르게 메시지를 전송했다.

'예, 저는 다 썼습니다. 퇴고 중입니다.'

'ㅜㅜ 그럴 줄 알았어요. 그날 저희 둘 소설 합평인데, 교장 선생님이랑 너무 심하게 비교되면 어떡하지요. 걱정이 태산입니다.'

'제가 먼저 한번 봐 드릴까요?'

'아니요, 어찌 그렇게까지 신세를 질까요. ^^ 괜찮아요. 당일에 마구마구 혼내 주세요.'

그걸로 끝인 줄 알았더니 말풍선이 다시 등장했다.

'사실 선생님, 가족들이 제가 대학원에 다니는 걸 너무 우습게 여기고 비웃어요. 남편한테 혼도 많이 나고요. 너무 힘듭니다. ㅜㅜ 선생님은 제 마음 아시지요? 무언가 토로하고 해소하지 않으면 죽을 것 같은 이 마음을, 잘 아시지요? 가장 가까워야 할 가족이 아무것도 이해하지 못 해 줘서 가끔은, 다시 공부하겠단 내가 정말 노망이라도 난 건가 했지 뭐예요. ㅜㅜ 그런데 선생님을 보아서 안심했어요. 그러니 선생님, 우린 둘도 없는 동지입니다. 문학 동지!'

수창과 애진의 소설은 합평 테이블에 함께 올라왔다. 제아무리 편협한 시각을 가졌다고 해도 절대적인 작품성 차이 앞에서 왈가왈부 못 하겠지. 애진의 소설을 미리 읽은 수창이 품은 걱정 아닌 걱정이었다. 애진이 조금 불쌍하기도 했다. 난생처음

받는 리뷰가 새파랗게 어린 동기들의 입에서 나오는 혹평일 텐데 어찌 견디려나. 내심 우려하며 수업에 들어섰다.

세 시간 후, 수창은 진창에 처박힌 기분이었다. 떨리는 목소리를 제어하지도, 미숙한 공격도 웃어넘기지 못했다. 예의라고는 밥 말아 먹은 동기들은 수창의 소설을 작정한 듯 깔아뭉갰다. 그 부당한 언어들, 뭐가 어쨌다고? 대상화, 낡은 여성관, 도구로서의, 자의식 과잉, 시대착오적······. 무엇보다, "쉰내 나요"라는 괘씸한 표현.

하나도 이해할 수 없었다. 수창과 아내의 연애를 그대로 담은 자전적 소설이었다. 소설에 대한 비난은 곧 수창 부부의 인생에 대한 비난과 마찬가지였다.

내내 안절부절못하던 애진이 쉬는 시간이 되자마자 달려와 위로한 것도, 다음 차례였던 애진의 소설을 동기들이 솔직하고 담백하다며 고평가했던 것도 짜증스러웠다. 문학을 한다는 이들이 어찌 이렇게 성별에 따라 편 가르기만 한단 말인가. 이런 얄팍한, 일기나 다름없는 쓰레기 글을 가지고!

*

"사실은 아내와 연애했던 이야기를 각색한 겁니다."

고깃덩이를 입으로 가져가려던 애진을 향해 수창이 불쑥 말을 던졌다. 딴생각하는 사이 메인 메뉴인 돼지고기 목살 스테이크가 나온 줄도 몰랐는데, 어느새 한입 크기로 잘린 스테이크가 놓여 있었다. 누가 주부 아니랄까 봐. 수창은 인사 대신 그런 생각을 하며 스테이크를 입에 넣었다.

"좀 질기네."

그 말에 애진은 질기면 어때요, 밖에서 먹는 자체가 좋은걸요, 하고 대답했다.

"그나저나. 어쩐지, 소설이 아주 생생하더라고요. 역시 사모님 이야기였구나. 여자 주인공 이름이, 성희였던가요?"

정확하다. 형편없는 소설이라면 굳이 기억했겠는가?

"성희 캐릭터가 어찌나 톡톡 튀고 상큼했는지 몰라요. 계속 보고 싶을 정도였어요. 그럼 소설 내용대로, 그러니까 사모님이 고등학생일 때 만난 거예요?"

"그랬습니다."

"세상에, 그렇게 안 봤는데 교장 선생님 대단하시다. 그때나 지금이나, 여고생이 아무나 좋아하나요? 멋있어야 좋아하지. 지금도 멋있으신데 그땐 얼마나 멋지셨겠어요. 그러니까 성희가 맹랑하게 들이댔지요, 고등학생인데도."

"칭찬할 게 뭐 있습니까. 그걸로 욕을 그렇게 먹었는데."

애진은 대답하지 않았다. 그 순간, 수창은 애진의 위로를 고깝다 여긴다 생각했던 자신의 감정이 이상하게 비틀리고 있음을 깨달았다. 애진이 조용히 음식만 먹고 있자 손이 조금씩 떨리기 시작했다. 무응답은 긍정인가?

"부군께서는 저랑 식사한다고 하니 뭐라 안 하덥니까?"

수창의 질문에 애진은 "예?" 하고 되물었다.

"제가 그래도, 외간 남자 아닙니까. 아까 부군께서 혼도 많이 내셨다고 하셨어서요."

애진은 이해하지 못한 듯 보였다. 손사래를 치며 부끄러운 웃음을 짓든 의뭉스러운 폭소를 터뜨리든 반응을 보여야 할 텐데, 음식을 씹으며 수창을 쳐다보기만 했다. 얼마나 많이 욱여넣었는지 입이 멈출 생각을 않았다. 생각보다 대치가 오래가자 수창의 기분이 몹시 더러워졌다. 뜨악하게 자신을 바라보는 애진의 표정이, 지금 무슨 이야기를 하는 거냐는 황당함을 나타내는 것처럼 보여서.

지금껏 동기끼리 챙겨 주느니 뭐니 하면서 먼저 호감을 실컷 보여 놓고, 이제 와 순진무구한 척 바라보면 어쩌라고.

그때였다. 애진이 마침내 마지막 음식을 삼켰다. 희미하게 웃고는 대답 대신 물었다. "교장 선생님은 어떠세요? 사모님께 허락받고 저한테 연락을 주셨나요? 아니면 저한테 연락 주시고

나서 사모님께 말씀드렸는지요?" 아내가 알면 실소할 노릇이었
다. 눈썹 하나 까딱하지 않을 테니까. 분명 그럴 터였다.

그러나…….

"자기야. 나 만나는 남자 있다."

수창이 동기들에게 모멸감을 느끼고 온 날, 저녁 식탁에서 아
내는 조기 살을 수창의 밥 위에 얹어 주다가는 퍼뜩 떠올랐다는
듯 아무렇지 않게 말했다. 처음에는 잘못 들은 줄 알았다. 오늘
너무 열이 받아서 환청이라도 들리나 보지, 여기며 밥을 한 술
크게 떠먹었다.

한참을 말없이 깨작대던 아내가 다시 입을 열었다.

"자기 젊었을 때랑 닮았어, 그 남자. 그래서 재밌어 보여. 가
르치고 싶고. 자기한테 그랬듯."

"뭐?"

"자기는 이제 재미없어. 어떻게 주물러도 변하지 않아. 늙어
서 그런가. 할아버지 같아. 목소리는 점점 커지고 옷 입는 건 점
점 꼴사나워지지. 데리고 다니기가 영 민망스러워."

그러더니 먼저 일어나 수창은 몇 술 뜨지도 않은 그릇들을 싱
크대에 넣고 물을 틀며 말했다.

"그래도 자기야, 황혼이혼은 안 할 거니까 걱정하지 마. 안 들

킬 테지만 자기가 알아줬으면 해서 말한 거야. 내가 자기를 사랑하지 않는다는 걸 자기가 반드시 알아야 한다고 생각해서."

"······말 안 했습니다."

말했습니다, 라고 말하려고 했는데 의도와 다른 말이 튀어나왔다. 애진이 눈을 둥그렇게 뜬 채로 수창을 쳐다보았다.

"왜요?"

"실은 제가 최근에······ 상처했습니다."

애진은 대번에 아이고 소리를 내며 두 손으로 자신의 입을 막았다. 수창은 고개를 숙였다. 놀랍게도 눈물이 났다. 테이블 위로 뚝뚝 눈물을 흘렸다. 손을 더듬어 냅킨을 찾은 후 급하게 입을 막아 봤지만 곡 비슷한 소리가 터져 나왔다. 끅끅거리며 한참을 울었다. 이렇게까지 토하듯 투명하게 울어 본 게 언제가 마지막이었던가.

"이를 어째, 어째······." 애진이 수창의 눈두덩이에 연거푸 냅킨을 갖다 댔다. "저는 그런 것도 모르고. 이를 어쩌면 좋아······." 냅킨이 떨어지자 애진은 손가락으로 수창의 눈가를 몇 번이고 훑었다. "괜한 걸 물어보았어요, 정말 미안해요. 그 소설을······ 교장 선생님이 쓰신 소설을 내가 조금이라도 더 잘 읽을 수 있는 실력이 있었더라면 좋았을 텐데. 교장 선생님의 슬픔을 파악할 수 있었다면……. 내가 그런 능력이 없어서 몰랐어요……. 선생님, 정말 죄송해요."

"죽은 아내와 연애한 얘길 썼더니 그렇게 욕을 먹더군요. 아내는…… 아내가 무슨 죄라고. 죽어서까지……."

"교장 선생님, 전…… 전 정말 좋았어요. 애들이 잘 몰라서 그래요. 오해한 걸 겁니다. 등단에는, 선생님이 가장 가까이 계실 거예요. 너무 아름다운 이야기들을 쓰시니까. 선생님 소설은 참 흥미롭고……."

수창은 가슴을 헐떡였다. 눈물은 아직 멈추지 않았지만 감정은 잦아들었다. 왜 상처했다는 거짓말을 했을까? 그제야 스스로에게 물을 수 있었다. 답은 떠오르지 않았으나 놀랍게도 속이 몹시 후련했다. 아내의 외도를 벌한 느낌이랄까? 괘씸한 아내 없이도 잘 살 수 있다는 어렴풋한 확신이 시원한 바람처럼 수창의 속을 훑고 맴돌았다.

"나이에 안 맞게 주책을 부렸네. 미안합니다."

"정말 힘드셨겠어요."

"실은 애진 씨네 이야길 들을 때마다 마음이 아팠어요. 아내가 옆에 있는 것으로 감사하지는 못할망정, 아직도 그렇게……."

그 말에 애진이 쓴웃음을 지어 보였다. 수업 시간에 애진은 삶의 곡절을 자주 풀었다. 수창은 그 행간 사이에 도사린 폭력의 그림자를 읽었다. 그러나 이해하려 들지는 않았다. 오히려 기분이 나빴다. 뭘 저런 것까지 밖에 떠들고 유난이지?

"부군은 저랑 같이 식사하는 거 모르시죠?"

그제야 애진이 고개를 끄덕였다.

"예전엔 의처증이 참 심했지요. 저나 애들도 자주 때렸고. 나이 먹어서 그 원망을 어떻게 감당하려고 저러나, 당하면서도 안타깝고 걱정도 했는데. 늙어 보니 애들이 미워하는 건 지들 아버지가 아니라 나더라고요. 내가 보호해 주지 못해 원망스러운가 봐요. 때렸던 아버지보다 더."

그러더니 수창을 지그시 바라보며 말했다.

"교장 선생님 같은 아버지를 두었다면 그러지 않았을 텐데요……."

그 말에 답하기 위해 열리던 수창의 입은, 별안간 터진 총소리에 닫히고 말았다.

2024.7.6.토 / 런치 / 테이블 No. 2

그 모녀다. 예약을 안 받는다고 해도 몇 번이나 전화를 걸어 와서는, 아직 마감 공지를 올리지도 않았으면서 왜 예약을 받지 않냐고 항의하던. 엄마와 딸 중 누가 전화했는지는 모른다. 둘의 목소리가 한 사람처럼 똑같다. 귀 기울여 듣지 않으면 금세 흐름을 놓칠 게 분명하다. 누가 전화를 걸었을까.

그에 반해 생김새는 딴판이다. 얼굴을 비교해 보면 아버지가 어떻게 생겼는지 금방 파악할 수 있다. 그 정도로 닮은 곳이 없다. 엄마 쪽은 모든 게 크다. 진한 쌍꺼풀이 진 주먹만 한 눈은 물론이고 키도 웬만한 남자보다 크다. 180쯤 되려나. 블라우스 아래로 드러난 팔뚝이 쩍 갈라져 있어 배구 선수인가도 싶다. 쉽지 않은 인상. 반면 딸은 쌍꺼풀 없는 눈에 작은 코를 가졌다. 입술은 얇고 꾹 다물렸다. 160이 안 될 듯한 키에 몸도 깡말라 훨씬 왜소해 보인다. 걸을 때마다 휘청거리는 느낌이랄까. 체질일지, 강퍅한 성격의 영향일지, 그것도 아니면 거식의 결과인지는 곧 알게 되리라.

사람의 인성을 논할 때 비유적으로 그릇이란 단어를 쓰기도 하지만 정말로 먹고 난 그릇을 보면 얼추 파악할 수 있다. 나름대로 메뉴의 구성을 갖춘 덕에 여러 번 그릇을 확인할 수 있고, 그만큼 가까이서 관찰할 기회도 많다. 덕분에 식사를 마칠 즈음이 되면 같이 온 상대보다 더 속내를 잘 들여다볼 때가 많다.

그런데…… 어렵다. 예상과 다르다. 전채 요리가 담긴 그릇을 보며 나도 모르게 눈살을 찌푸렸다. 엄마 쪽은 절반도 먹지 않았다. 반면에 딸은 깨끗이 비웠다. 모녀의 대화에 귀를 기울여 보기로 한다. 1인극처럼 한 사람이 두 역할을 하는 것 같아 집중해야 한다.

*

"내가 찍으면 영 각이 안 나오네. 왜 이렇게 칙칙하지? 조명은 또 왜 이렇게 퍼지게 보여?"

몰래 가지고 들어온 공 핸드폰으로 음식 사진을 열다섯 장쯤 찍은 정란이 볼멘소리를 했다. 평소였다면 대꾸하지 않았을 연주는 냅킨을 건네며 최대한 상냥하게 말했다. "렌즈가 더러워서 그래, 이걸로 닦아."

"애, 여기 조명이 은은하니 잡티도 안 보인다. 엄마랑 셀카 한 번만 찍자."

연주는 선선히 자신의 얼굴을 정란의 어깨 근처에 댔다. 입술을 쭉 내밀고서는 핸드폰 카메라를 바라보았다. 정란이 선서하듯 손바닥을 펴 보이자 자동으로 '찰칵' 소리가 나며 사진이 찍혔다. 사진을 확인한 정란은 눈가를 찌푸렸다. "늙었네, 늙었어." 그러곤 덧붙였다. "너도 이제 어려 보이지 않는다. 얘, 여기 눈 밑에 오톨도톨하게 난 거 보이니?"

연주는 살짝 웃으며 조용히 대꾸했다. "엄마 닮았으면 내내 동안이었을 텐데, 그치." 그러면서 속으로 생각했다. 지겨워. 끝을 모르는 지적과 평가, 비웃음과 폄하, 나 없이 너는 아무것도 아니라는 횡포, 너 때문에 숱한 기회를 놓쳤다는 원망과 타박. 다 끝이야. 오늘로 종결이라고. 엄마, 이제 나는 자유야. 연주는 스스로를 다독였다. 딱 한 시간만 버티면 돼, 한 시간만. 억지로 웃는 일도 마지막이야. 이건 예의에 지나지 않아. 인간으로서……

"어떻게 이런 델 다 찾았니, 네가?"

연주는 그게 칭찬이 아니란 걸 잘 알았다. 지금 정란은 불안해하고 있다. 평소와 다른 연주를, 그리고 자신은 모르는 무엇을 연주가 알고 있다는 사실을. 아무리 사소해도 연주의 삶에 자신이 관여하지 않은 조각이 존재할까 봐. 연주는 검색해서 찾은 거라며 고개를 저었다. 아직은 엄마의 심기를 거스르면 안 된다고 생각했다. 딱히 거짓말도 아니었다.

오늘 연주는 정란에게 완전한 결별을 선언할 계획이다. 집에서는 할 수 없는 일이다. 정란은 단둘이 있을 때 가장 위험한 대상이니까. 뭘 집어던질지, 얼마나 때릴지 예측할 수 없다. 사방이 탁 트인 카페나 음식점도 위험했다. 발작적으로 울음을 터뜨리는 거구의 모친과 그 앞에서 식은땀을 흘리고 있는 작은 딸……. 그런 괴상한 장면의 주인공이 될 용기가, 연주에겐 없었다—그럴 용기가 있었다면 애당초 멀리 달아났을 것이다. 연주의 나약함은 정란의 세밀하고 오랜 제련의 결과물이었다—. 한국 땅에 대화 나눌 곳이 이렇게 없다니. 연주는 마땅한 장소를 찾지 못해 애인 옆에서 한참 골머리를 앓았었다. 그리고 애인은 미적대는 연주를 재촉하다 물었다. "지금처럼 살고 싶은 거야? 취소해?" 그리고 덧붙였다. "없던 일로 해? 헤어져? 나 혼자 가?"

제발. '헤어져'까지만 해도 입을 꾹 다물고 있던 연주는 '나 혼자 가?'에 무너졌다. 그의 허벅지에 얼굴을 묻고 한참을 울며 말했다. "그렇게 끔찍한 말은 하지 마. 나를 사랑한다면 그 말을 하면 안 돼. 이렇게 살다가는 나는 곧 죽고 말 거야."

"요리 나왔습니다."

정란이 아슬아슬하게 공 핸드폰을 감추자마자 빈승이 두어 번 벽을 두드리고는 들어와 접시를 내려놓았다. 스테이크 접시

가장자리를 따라 핏물이 원을 그리고 있었다. 정란이 반색하며 포크와 나이프를 들었다. 연주는 나가려는 빈승을 붙잡았다.

"지금 스테이크 다 썰 건데요. 그럼 나이프를 치워 주실 수 있을까요?"

빈승이 멈추자 연주가 서둘러 고기를 썰기 시작했다.

*

"씨발! 우리 집 미친 꼰대가 그 개지랄을!"

학창 시절, 교복 블라우스 앞섶을 풀어헤친 애들이 교실에 들어와서는 다짜고짜 고래고래 소리 지를 때마다 연주는 이상한 우월감에 사로잡혔다. 어느 입에서 나오는 미친 꼰대의 개지랄도 자신이 겪는 것보다는 약해 보였다. 별 허접한 걸 가지고 유난은, 씨발. 그렇게 생각하고는 샤프를 고쳐 쥐었다. 그러나 소심한 연주가 할 수 있는 유일한 행동은 문제집을 푸는 일이었다. 결과적으로 나문시 탈출이라는 최종 목표에는 실패했지만 말이다.

탈출 방법으로 가출을 택하거나 일을 꾸미기에 연주는 지나치게 겁이 많았다. 아니, 그렇게 길들었다. 집이 지옥인데 집을 벗어날 수 없게끔 자랐다.

아빠가 죽기 전 엄마는 어떤 사람이었는지 연주는 알지 못한다. 생의 첫 기억이 아빠의 장례식장이니까. 화장실에서 상복을 입은 정란은 연주를 마구 때렸다. "아빠가 죽었는데 울어야 하지 않겠니?" 정란은 어린 연주의 이마, 뒤통수, 코를 가리지 않고 타격하며 말했다. "아빠가 죽었는데 눈물이 왜 안 나? 그래서는 안 돼. 사람들이 이놈아, 한다고. 이상한 년이다, 한다고. 그러니 얼른 울어. 아파? 아프지? 그러니까 얼른 울란 말이야! 안 울어? 안 우냐고!"

그렇게 기어이 펑펑 울게 만들고는 사람들 앞에서 연주를 꼭 끌어안고 오열했다. 지켜보던 이들은 한결같이 안쓰럽다며 눈물을 흘렸다. 엄마 잘 모시고 살아라, 라고 했지만 연주는 겨우 여섯 살이었다.

이후로 정란은 연주를 하나의 역할에 가두었다. 아버지를 잃어 슬픔에 잠긴 가여운 아이, 그리고 하나뿐인 가족인 엄마에게 온전히 자신을 내맡긴 아이, 따라서 불운한 어미의 삶에서 절대 떨어지지 않는 아이처럼 굴 것.

연주의 일거수일투족은 정란의 감독 아래 있어야 했다. 방과 후 친구들과 떡볶이를 먹으러 가거나 삼삼오오 노래방이든 쇼핑몰에 간 추억 비슷한 것도 연주에게는 없었다. 월요일부터 금요일까지 정해진 시간에 귀가해야 했다. 미리 알리고 허락을 받은 외출이 아니면 집 밖으로 5분도 나갈 수 없었다. 혹여 그런 일이 생기면 연주가 집에서 나가고 채 10분이 못 지났을 때부터 연신 전화가 왔다. "언제 들어오니? 언제 들어와?"

연주가 전화를 못 받으면 연주 주변 모든 사람의 전화가 울렸다. 친구, 동급생, 담임, 학원 경비까지. "네, 금방 들여보낼게요, 걱정하지 마세요." 전화를 받은 친구들은 정란에게는 아무 말도 못 하면서 연주에게만 눈을 부라렸다. "야 미친년아, 왜 내 허락도 안 받고 남의 번호를 팔아?" 물론 연주는 누구의 번호도 엄마에게 알려 준 적 없었다.

연주는 금방 친구들 무리에서 밀려났다. 집에 와서 바락바락 신경질 내는 연주 앞에서 정란은 의기양양한 미소를 지으며 말했다.

"걔들이 널 망치고 있었어. 내가 구한 거야."

"뭐?"

"엄마는 다 알아. 어미의 감이란 그런 거야."

정란은 허튼 상상 하지 말라는 듯, 선언했다.

"너는 절대 알 수 없겠지만. 모성이란 그런 거야."

*

"내가 올해 스물아홉이야, 엄마."

연주의 말을 정란은 가볍게 받아쳤다. "누가 들으면 마흔아홉이라도 된 줄 알겠다. 스물아홉은 애지, 애야."

"애라고?"

"그럼. 엄마 없이 네가 할 수 있는 게 뭐가 있는데? 칼질도 제대로 못 하면서."

연주는 잘게 썰린 스테이크를 내려다보았다. 크기는 들쭉날쭉하고 단면은 썰었다기보다는 짓이긴 형태에 가까웠다.

"완전히 익지 않은 고기를 너처럼 크게 썰면 10분은 씹느라 말도 못 해. 가뜩이나 너는 아빠 닮아서 턱관절도 안 좋은데. 사장이 나이프 가져갔니? 너는 왜 바쁜 사람 우두커니 세워 놓고 이따위로 고기를 잘라. 다시 나이프 가져오라고 해야겠다."

"안 돼."

연주는 정란의 손을 잡고 말했다.

"내가 어떻게든 잘 먹을 수 있게 해 줄 테니까 부르지 말라고. 바쁘잖아. 엄마가 말한 대로."

연주는 가장 큰 조각에 포크를 푹 찍었다. 그걸 반쯤 입에 넣고서는 앞니로 잘근잘근 씹었다. 시뻘건 액체가 기름과 섞여 턱을 타고 흘러내렸다. 고기에 닿지 않도록 혀를 최대한 안으로 말아 넣으려고 했지만 이미 짠 기운이 입속 가득 퍼져 있었다.

정란은 가타부타 않고 딸을 지켜봤다.

　나이프는 절대 안 돼. 엄마가 그걸로 날 어떻게 할지 몰라. 절대, 절대, 이 자리에 두면 안 돼.

　연주는 포크를 든 손을 얼굴로부터 최대한 멀리 떨어뜨렸다. 그러나 스테이크는 한사코 잘리지 않았다.

　"얘는."

　정란은 어딘지 신이 난 말투였다.

　"그래서 엄마 없이는 안 된다니까. 고깃결을 봐야지 무턱대고 썰으면 그게 잘리니? 엄마 없으면 아직도 애기야, 우리 애기. 하나부터 열까지 다 챙겨 줘야 해."

*

　연주가 열아홉이었을 즈음에는 어떤 일이 있었던가. 학부모회 일원이 된 정란은 같은 반 학부모들에게 딸의 교우 관계를 캐물었다. 만족할 만큼의 정보를 얻지 못하자―당연했다. 연주에게는 이렇다 할 친구가 없었다. 무서워서 만들 수가 없었다. 예전과 같은 일이 또 벌어질까 두려웠으니까. 어떻게 그걸 모른단 말인가?―급식 모니터링을 한다며 급식실에 나타났다.

　그날, 정란은 연주와 급식을 먹던 아이 둘을 집에 초대했다.

그리고 간식 쟁반과 함께 성인 AV 영상을 내오고는 아예 자리까지 잡고선 상냥하게 굴었다. "이건 이래서 과장이야, 저건 저래서 거짓이고. 너희는 감사한 줄 알아, 내가 이런 걸 말해 주잖아. 어디 가서 이런 성교육을 받니? 너희는 정말 나에게 감사해야 해." 정란은 멋쩍은 얼굴로 앉아 있는, 몸은 벌써 성인인 아이들의 다리를 매만지며 계속 말했다. "아무도 안 해 줘, 나 말고는 아무도. 그리고 나서 일이 생기면 너희들 잘못이라며 떠넘기기 바쁘지."

그날 이후 두 아이는 단짝이 되었다. 셋이 둘이 되는 건 대단히 쉬운 일이었다. 연주는 졸업할 때까지 혼자 급식을 먹었다.

*

한 치수 큰 운동화 속, 발가락 아래서 얇은 종이들이 내는 바스락거리는 소리가 들리는 것 같았다. 센터 점심시간마다 몰래 나와 사는 복권을 연주는 신발 깔창 아래에 모았다. 정란이 매일 가방과 지갑을 확인하기 때문에 들키지 않으려면 어쩔 수 없었다. 들키면 대번에 길길이 날뛰겠지. 당첨되지도 않은 복권을 보고는 어디로 도망갈 작정이냐며 난동을 피울 것이다.

"아 참, 엄마가 너희 실장한테 전화했다."

연주가 되묻기도 전에 정란이 말을 이었다.

"요즘 사람들이 한 달 살기를 많이 한다고 해서. 엄마도 하고 싶어서 말이야. 엄마가 너 키우느라 외국을 한 번도 못 갔잖니."

"근데 왜 실장한테 전화를 해?"

"너도 가야 하니까." 정란이 평소와 다름없이 대답했다. "그래서 한 달 휴가가 가능하냐고 물어봤지."

연주는 경악했다. 입사한 지 1년도 안 되었다. 직원이 셋인 작은 심리상담센터인 데다, 아직 신뢰를 얻기 전이다. 그런데 한 달 휴가를?

"안 된다더라고. 무급도 안 된대. 뭐가 그렇게 팍팍한지."

"그래서?"

"그만둔다고 했어."

태연한 정란과 달리 놀란 연주는 소리도 내지 못했다. 목구멍을 수건으로 틀어막은 듯 아무 말도 나오지 않았다. 정란이 손을 뻗어 연주의 앞머리를 천천히 정리했다.

"엄마 돈 많다고 몇 번을 말해. 우리 딸이 왜 얼른 돈을 벌지 못해 안달일까? 벌어야지, 벌어야 하는데, 아직은 괜찮아. 젊었을 때 여기저기 많이 놀러 다녀야 해. 엄마랑 같이 가야지. 엄마가 돈 다 낼게. 가면 진짜 좋대, 힐링하는 기분이라고……."

연주는 수련회도 수학여행도 엠티도 간 적 없었다. 단 한 번도. 언제나 학교에 남아 자습하다가 엄마가 기다리는 집에 돌아갔다.

정란은 손톱을 세워 어금니에 집어넣고 고기 찌꺼기를 빼냈다.

"예약도 다 했어, 엄마가. 9월에 가기로. 엄마가 숙소도 다 찾아봤다? 검색하느라 눈깔 빠지는 줄 알았어. 얘, 유튜브를 얼마나 많이 봤나 몰라. 콘도인데 수영장도 있고, 헬스장도 있다? 주변에 맛있는 곳도 많대. 미쉘린 받은 데도……."

거기서 연주가 정란의 말을 끊었다. "예약했다고?" 어떤 답이 올지 다 알면서. 정란이란 사람이 어떤 사람인지, 알면서.

"일단은 비행기랑 숙소만. 그래도 엄마가, 낭비한 건 아니다? 환불 불가 옵션으로 했어. 그게 더 싸니까."

연주는 나문시에서 태어나 나문시에서 자랐다. 빌어먹을 나문 토박이라 정란으로부터 도망치는 선택지가 다양하지 못했다. 고등학교 때는 코피 쏟으며 공부했으나, 하늘이 무심하게도 지원 가능에 서울 내 학교는 뜨지 않았다. 다른 지방은 덜컥 겁부터 났다. 평생 고속버스도 기차도 타 보지 않은 연주에게 다른 지역은 외계 행성이나 다를 바 없었다. 미지의 땅으로의 모험을 감행할 것인가? 연주는 그러지 못했다.

"나 같은 엄마가 많지 않아. 요새 젊은이들이 다들 사는 게 힘들어서 미래를 포기한다잖아. 자살률이 높은데 출산율은 바닥이고. 나는 우리 딸한테 어떤 강요도 안 했어, 알지? 뭘 하든 다 응원했어. 어미잖아. 어미면 그래야지."

정란이 자주 했던 말. '어미라면.' 그 말을 연주는 천천히 씹어 삼켰다. 흥분하지 마. 천천히, 아주 천천히 심호흡하면서 넘기는 거야. 동시에, 어제 애인이 했던 말을 되새겼다. "자기가 어머니를 필요 이상으로 두려워해서 그래. 어머니도 자기를 사랑해서 그러시는 거겠지. 그리고 어머니도 이제 나이 든 여자야. 자기가 이겨. 어떻게 하겠어? 지금까지 신체적으로 해를 가하신 적은 없잖아, 안 그래? 그냥 좀 심한 말들을 하셨던 것뿐이잖아."

연주의 머릿속이 깨끗해졌다.

"나, 못 갈 것 같아."

그 말에 정란이 멈추었다. 포크 날이 허공에서 번득였다. 연주는 침을 삼켰다.

"뭘?"

"나, 못 갈 거 같다고."

"무슨 소리야. 환불 불가라니까. 직장도 그만둔 주제에 왜 못 가는데? 엄마가 가는데 네가 왜 안 가? 말이 안 되잖아, 엄마는 그럼 어떻게 해? 엄마 혼자 가라고? 말도 안 통하는 그 먼 곳을 늙은 여자 혼자 갔다 무슨 일이라도 당하면 너 어떻게 할래?"

연주의 얼굴에 열이 몰렸다. 등과 겨드랑이와 정강이가 근지러웠다. 무서운 대상이 생길 때면 알레르기처럼 이런 증상이 생겼다. 도저히 참을 수 없을 정도로. 정란은 그걸 알까. 연주는 포크를 쥐고서는 이걸 들고 있는 것만으로 증세가 나아지길 소망했다. 플라시보 효과처럼.

"그때쯤 되면 엄마랑 같이 살 수 없단 뜻이야."

정란이 뭐라 말하기 전에 연주는 눈을 질끈 감았다 뜨고는 이어 말했다.

"나, 결혼할 거야."

그 말이 끝남과 동시에, 총소리가 났다.

2024.7.6.토 / 런치 / 테이블 No. 3

2번 테이블보다 이 두 사람이 더 혈연처럼 보인다. 이목구비도 비슷하고, 똑같은 원피스를 입고 있다. 아니, 자세히 보니 소매 쪽이 조금 다르다. 쌍둥이처럼 닮은 두 여자는 자리에 앉을 때까지 아무런 대화도 나누지 않는다. 미리 약속한 것처럼 한 명이 쑥 안으로 들어간다. 벽에 가방걸

이가 있다는 내 말에도 그 여자는 제법 큼직한 가방을 자기 옆에 둔다. 덕분에 바깥쪽에 앉은 여자의 자리는 넉넉하지 않다. 그뿐 아니라, 안쪽에 있는 가방걸이에 자기 가방을 걸지 못해 결국 테이블 아래에 내려놓고 만다. 안쪽 여자가 비켜 주지도 도와주지도 않았기 때문이다. 바깥쪽에 앉은 여자의 가방에 임산부임을 나타내는 분홍색 배지가 달랑거린다.

메뉴 설명도 듣는 둥 마는 둥이다. 콩나물무침과 된장찌개가 서빙되어도 상관하지 않을 듯한 느낌. 담판 지으러 온 사람들이 주로 이런 분위기를 풍긴다.

임신한 사람이 해산물을 먹어도 될까? 오늘의 메뉴에 새우, 오징어, 홍합, 대구가 들어간 리소토가 있다. 어쩜담. 좀 성가셔도 한 그릇을 따로 준비하는 게 불가능하지는 않다. 신경이 쓰여 주방에 들어가 핸드폰으로 검색해 본다. 대구는 수은이 함유될 수 있다고 하니 빼고 조리하는 게 좋겠다. 덜 익힌 고기도 위험할 수 있다는데……. 안쪽에 앉은 여자는 스테이크 굽기를 레어로 주문했다. 임신한 여자는 아무 말도 얹지 않았고.

아무래도 두 사람은 평등한 관계가 아닌 것 같다. 안쪽에 앉은 여자가 우위에 있는 사람일 거다.

*

"이런 식당은 애인들끼리 많이 오겠다."

침묵을 깬 건 상아였다. 안쪽에서는 대답이 없었다. 유진은 입술을 꾹 만 채 물끄러미 식기만 봤다. 상아가 다시 말했다.

"우리 중학교 때 기억나? 남친 사귀면 단둘이 있을 곳이 없어서 만날 코노 가서는 종이로 창문 가렸잖아. 노래는 안 하고. 한번은 우리 엄마가 코노로 쫓아와서는 문 하나하나마다 벌컥벌컥 열면서 나 찾았잖아."

"네가 남친을 언제 사귀었어."

드디어 유진이 입을 열었다. 상아가 하던 말을 멈추고는, 활짝 웃으며 대꾸했다.

"내 정신 좀 봐. 나 말고 너. 나는 아니고 너. 나는 그냥 너 따라다니고……."

"나 따라다니다 머리 박박 깎이고."

유진이 거들자 상아는 더 활짝 웃어 보였다.

"내가 그 얘긴 안 했지? 울 엄마가 돌아가시기 전에 그렇게 그걸 사과했잖아. 제일 후회한다고."

"졸업하고 만난 적이 없는데 했을 리가."

"그랬나. 어후, 사는 게 바빴어. 그치? 우리 다시 옛날처럼 자주 봐야 하는데."

유진에게서는 더 이상 대답이 돌아오지 않았다. 상아는 초조한 듯 진주 파츠를 붙인 손톱으로 테이블을 다닥다닥 두드렸다. 유진의 눈이 상아의 손톱에 머물렀다. 시선을 느꼈는지 상아는 동작을 멈추고 슬그머니 주먹을 말아 쥐었다. 그러고선 눈동자를 이리저리 굴리면서 마른 우물에서 물 긷는 것마냥 힘겹게 대화를 이으려 노력했다.

"그때도 그렇고 지금도 그렇고 한국에는 왜 이리 조용히 대화할 곳이 없나 몰라."

그러자 유진이 고개를 돌려 똑바로 상아를 응시했다. 두 사람의 눈이 마주친 것은 뱅상 식탁에 들어온 후 처음이었다. 눈을 둥그렇게 뜬 상아에게 유진은 어처구니없다는 듯 천천히, 또박또박 대꾸했다.

"왜인지 몰라? 네 딸 같은 년 때문이겠지. 당연한 거 아니야? 범죄자 새끼."

상아는 벌떡 일어나려다 참았다. 몸이 제법 무거워 그런 식으로 급작스레 움직이는 게 버겁기도 했다. 대신 몇 번 심호흡했다. 흥분하면 안 된다. 뱃속의 아이를 위해서도, 딸을 위해서도. 교장도 거의 무릎을 꿇고는 읍소하지 않았던가. "어머니, 제발 먼저 사과해 주세요. 먼저 사과하시면 훨씬 수월히 끝날 수 있는 일입니다. 어머니 말씀대로 시시비비를 따지면 다른 일일 테지만 일단 아이가 중요하지 않습니까. 부모님들끼리 자존심 싸움을 하다가 애가 다치면, 그건 안 될 일이잖아요." 그는 거의 울 듯했다.

"그래, 네 말도 맞다⋯⋯." 상아는 억지로 입꼬리를 올려 보였다. "잔뜩 까져서는 노는 거 좋아하는 애들이 이런 데를 안 오면 그게 더 이상하지." 하지만 이 말은 꼭 해야 했다. "근데 말이야. 우리 아린이. 네가 생각하는 거랑 달라. 걔네랑은 많이 안놀아, 확실해."

*

상아와 유진이 기억하는 첫 만남은 딱 육 년 차이가 났다. 상아는 유진을 초등학교 입학식에서 처음 보았다. 같은 반은 아니고, 옆 반이었다. 누구든 유진을 기억했을 거다. 매니큐어 칠한손, 치렁치렁한 귀걸이, 샛노랗게 염색한 머리. 이 모든 게 잘 어울리는 태도. 유진을 맡은 담임의 얼굴에는 경악스러운 표정이 스쳐 지나갔다. 상아는 그걸 놓치지 않았다. 아주 어렸을 때부터 상아는 자신보다 강한 이들의 표정을 읽는 데 능했다.

유진은 담임교사보다 강하고 아름다웠다. 초등학교 6년 내내 학교를 휘어잡았다. 4학년이 되면서부터는 중학생들과 어울린 다는 소문이 돌았다. 6학년 때는 유진과 친한 중학생 몇몇이 교문 앞에서 튀는 옷 입은 애들을 골라 두들겨 팬 일이 있었다. 이른바 '물갈이'였다. 그래도 경찰에 신고가 들어가지 않는 시대였다.

상아는 유진과 한 반이 되기를 바랐다. 잘 나가는 예쁜 애 옆에서 똑같이 잘 나가고 싶었다. 유진과 친해지면 전에는 별 볼일 없던 애들도 곧 또래 남자애들에게 제법 인기를 누렸다. 그런 아이들은 어제까지만 해도 고만고만했던 여자애들을 무시하고 다녔다. 상아는 반 배정을 받을 때마다 한숨을 쉬었다. 내년에는 꼭 같은 반이 될 거야. 정말 친해질 거야. 그러면 나도, 인기가 많아질 테지.

중학교 입학 배치 고사에서 상아는 여자 1등을 했다. 입학식날, 선서하고 내려온 상아에게 유진이 처음 말을 걸었다.

"너 1반이지? 1등이니까 1반이겠지. 나 너랑 같은 반이다? 나 알지?"

유진의 짧은 말과 작은 행동으로 상아는 손쉽게 유진 무리에 편입되었다. 왜 나를 택한 걸까, 라는 상아의 의문은 한 달 만에 해소되었다. 유진을 위시한 패거리는 상아를 일종의 방패로 사용했다. 입학식 때 선서한 배치고사 1등과 친한 우리. 패거리는 그런 간판을 만들어 놓고서는 그 뒤에 숨어 술 마시고 담배 피우고 삥 뜯고 동시에 섹스를 해댔다. 상아는 언제나 망보는 아이였다. 만족했냐고 묻는다면 놀랍게도 어느 정도 그랬다. 그것만으로도 패거리 밖 애들을 깔볼 수 있었으니까. 우쭐한 한편으로 가끔 속상해질 때마다 유진은 상아를 생각해 주는 듯 굴었다. "씨발, 넌 진짜 좋겠다, 공부도 잘하고 집도 잘살고 게다가…… 착하기까지 하잖아." 유진은 상아의 얼굴을 훑으며 이어 묻곤 했다. "내가 좋은 오빠 소개시켜 줄까?"

아니, 상아는 항상 말했다. 이유는 간단했다. '좋은 오빠'를 소개받는 애들은 곧 무리에서 방출되었기 때문이다. 술 마시고 담배 피우고 남자를 만나는 건 어떤 기분일까. 상아는 그 궁금증을 일기에만 썼다. 보고 들은 것들을 자신의 경험인 양 적었다. 그러면 진짜 같다는 생각이 들어 기분이 좋았다.

상아는 예쁜 유진이 좋았다. 유진이 가진 힘이 아름다웠던 걸 수도. 어쨌든 그 곁에 함께 존재하는 사실이 행복이었다.

*

"사실 오늘, 사과하고 싶어서 왔어."

매도 빨리 맞는 게 낫다 싶어 상아가 본론을 꺼냈다. 막 샐러드가 나온 참이었다. 유진은 포크를 들고 허, 하고 헛웃음을 지었다.

"안 먹고 가면 환불되나?"

"뭐?"

"들을 생각이 없어서. 환불해 준다고 하면 맘 편하게 지금 나가려고."

마침 유진이 추가로 요청한 빵을 가지고 온 빈승이 끼어들었다.

"죄송하지만 환불은 안 됩니다."

*

상아는 대학에 들어갈 때까지 유진의 패거리에 붙어 있었다. 온갖 배신과 협잡이 난무하는 양아치의 세계에서, 상아처럼 욕심 없이 자신만 바라보는 아이도 없었기에 유진은 상아를 버리지 않았다. 고등학교 진학 이후 상아의 성적은 많이 떨어졌으나 그에 비례해 외양이 상승했기 때문에 곁에 두기 괜찮았을지도. 상아를 어떻게 해 보려는 남자애들도 간혹 있었을 정도였다.

불평등한 관계를 오래 유지하기 위해서는 반드시 한쪽의 희생이 필요한 법이다. 먼저 연락하는 사람도, 상대의 기분에 따라 자신의 취향을 조정하는 사람도 언제나 상아였다. 동경으로 시작된 관계였는데 어느 순간 관성이 되었다. 대입이 코앞인 고3이 되어서도 마찬가지였다. 상고 진학 후 일찌감치 대입을 포기하고 아르바이트로 돈을 벌기 시작한 유진은 자주 상아를 불러냈다. 상아는 담임의 눈치를 보면서도 매번 야간자율학습을 빠졌다.

유진에게 왜 이렇게 절절대냐고 처음 의문을 제기한 이는 대학에서 만난 첫 남자친구였다. 상아가 진학한 나문시 거점 국립대는 나문시에서 나고 자란 아이들이 가득했고, 남자친구 역시 나문시 출신이었다. 유진의 흔적이 가득한 상아의 SNS를 훑어보던 남자친구는 물었다.

"설마, 얘랑 친해?"

상아는 남자친구의 얼굴을 바라보았다. 내가 왜 좋냐는 질문에 귀엽고 예쁜데 순하고 착하기까지 해서 좋다고 망설임 없이 말하고는 입을 맞추었던 그. 다정했던 얼굴이 처음 보는 의아함으로 얼룩져 있었다.

"유명했잖아. 상고 걸레라고. 혹시 친했어?"

자신이 그 걸레를 동경했던 사실을 말할 수 없어서 상아는 얼버무렸다. "아니, 안 친해. 싫은데 자꾸 친한 척하고 그래서……. 내가 만만한가 봐." 그래도 남자친구는 썩 개운한 표정이 아니었다. 남의 교복에 침을 찍찍 뱉고 다니던 인간이었으면서.

과거를 모두 아는 이들이 가득한 지역사회에서 '걸레'로 불린 여자애가 어떻게 몰락하는지를 상아는 똑똑히 확인했다―'어렸을 때 잘 놀던 애가 시집도 잘 간다'는 이야기는 '유복한 걸레'에게만 가능한 일이었다―. 유진의 무기는 더는 힘을 쓸 수 없다. 상아는 이런 변화를 빠르게 감지했다. 상아의 특출한 능력이었으니까. 유진은 그러지 못했다. 혹 감지했더라도 자신을 바꾸기에는 쌓아 온 시간이 너무 길었다. 유진의 빛나던 과거는 족쇄가 되었다. 상아가 유진을 돋보이게 하는 만년 조연에 불과했던 것이 상아에게는 득이 되었다. 아무도 상아를 기억하지 못했으므로.

상아는 대학을 졸업하자마자 소개팅으로 만난 열두 살 연상의 대기업 직원과 초고속으로 결혼했다. 식장에는 외지 출신인 남자의 초중고 동창이 잔뜩 와 빈틈을 찾을 수 없었다. 반면 상아의 하객들은 모두 대학 사람이었다. 남편은 신경 쓰지 않는 눈치였다. 아예 몰랐을 수도 있다. 어쩌면 결혼식에 부를 친구가 거의 없는 상아의 과거를 좋아했는지도 몰랐다.

"우리 형님 맛있는 밥 많이 해 주시고 얼른 예쁜 애기 보게 해 주셔요." 상아는 남편의 하객들이 말하던 현모양처 역할을 맡는

데 실패하지 않았다. '예쁜 애기'가 중학교에 입학하자마자 집단으로 한 아이를 두들겨 패기까지는.

개가 왜 싫냐고 상아가 울면서 묻자 딸아이는 시큰둥하게 답했다. "냄새 나는데 깝치잖아."

그 냄새 나고 깝치는 아이의 엄마가 유진이었다.

*

"우리 애가 잘못한 거야. 아니, 내가 다 잘못한 거야. 내가 딸을 잘못 키웠어. 너무 오냐오냐하고, 해 달라는 거 다 해 주고, 그래서……."

상아는 자신의 입에서 무슨 말이 나오는 줄도 몰랐다. 누군가 대신 지껄이는 것 같았다. 아마 교장이, 그보다는 동료 가해자 학부모들이. 이상했다. 상아가 유진과 어울리던 시절에는 집이 비좁거나 아예 없는 애들이 문제를 저지르곤 했는데 이번에 만난 학부모들은 죄다 연구원, 교수, 공직자였다. "우리 만난 김에 술이라도 마실까요? 어쩔 수 없이 촌에 살며 지루하다, 지루하다 했더니 이런 이벤트가 다 생기네." 대책 논의를 위해 모인 자리에서 가장 잘 나간다는 아이의 엄마가 한 말에 모두가 반색했다. 이어진 자리에서 상아 외의 엄마들은 전부 나문시 출신이 아니라는 사실이 밝혀졌다.

"아린이 엄마. 걔 엄마랑 친구였다면서요." 교무실에서 유진과 상아는 서로를 모르는 척하지 못했었고, 그 광경을 여기 있는 엄마들이 목격한 후였다. "아린이 엄마가 나서서 그 엄마 노여움을 좀 풀어 봐요. 학교 대처가 마음에 안 든다면서 고발하겠다고 난리라잖아요. 그래도 사람 정이 있는데 어린 시절 친구가 싹싹 빌면 안 들어주겠어요? 이 일만 잘 마무리되면 서로 끌어 주고 밀어줄 일만 남았지요."

상아는 안주로 나온 한치가 오그라든 모양을 가만히 지켜보았다. 여자가 다시 말했다.

"우리 남편 말로는 그 엄마 어렸을 땐 어지간했다던데. 손꼽히는 양아치였다고. 여차하면 옛날 일 끄집어내려고요. 자식 앞에서 망신당하지 않게 지금 배려하고 있는 거예요."

상아는 여자의 의도를 알았다. 이건 아이들 간의 위계다. 상아의 아이는 망만 봤다고 했다. 애를 팰 권력조차 없었다. 그리고 부모와 자식 관계에서도 위계가 있다. 상아는 딸보다 아래에 있었다.

아이는 말했다. "씨발, 엄마가 잘못해서 나 따돌림받으면 죽어 버릴 거야."

"너, 이 옷 어디서 샀니?"

유진이 두 손가락으로 상아의 소매를 집어 올리며 물었다. 오랜만에 본 탓인지 유진의 의도를 파악하는 데 시간이 걸렸다. 유진은 뭘 원할까? 솔직한 답, 혹은 하얀 거짓말. 상아가 입고 있는 옷은 명품 브랜드의 원피스다. 에스닉하고 넉넉한 품으로 임신 중이거나 살집 있는 여자들도 많이 찾았다. 지금 상아 옆에 진을 친 유진처럼. 그러나 유진의 옷은 브랜드를 카피한 싸구려다.

상아가 대답하기 전에 유진이 입을 열었다. 할 말을 찾지 못하던 상아는 안도했다. 유진의 말을 듣기 전까지는.

"나랑 바꿔 입자."

때마침 총소리가 나지 않았다면 뭐라고 대답했을까. 바꿔 입었을까.

2024.7.6.토 / 런치 / 테이블 No. 4

이상한 날이다. 커플은 하나도 없고 여자 손님만 많다. 억울하다. 분명 지령받은 일시에 아무 자의 없이 행동할 뿐인데, 생물학적 성별 탓에 사람들이 이 실험을 흔한 혐오 범죄로 오해하지 않을까 싶어서.

　-사람들이 나를 오해할까, 미미?

　미미는 그럴지도 모른다고 답했다. 지금껏 뱅상 식탁에 남자끼리 온 경우는 없다. 미미의 연구소가 관찰한 실험 대상은 제한이 있다.

　4번 테이블에 앉은 두 여자 중 하나는 내게 반갑게 인사하고는, 자기가 여기 단골이라고 옆에 있는 여자에게 말한다. 단골이라고? 내 기억에 없는 여자다. 원체 얼굴을 잘 기억하지 못할 뿐더러 맹세코 손님에게 한 번도 살갑게 군 적이 없다. 여자의 말은 명백한 오류다. 거짓말하는 속내를 나는 모른다.

　듣지 않아도 알게 되는 것도 있다. 안쪽에 앉은 여자는 끌려온 기색이 역력하다. 가까스로 웃고 있지만 꾸며 낸 게 빤히 보이는 웃음이다. 그러고 보니 각자 짊어진 가방이 크고 빵빵하다. 두 사람 모두 들고 온 2단 우산에는 기업 로고 같은 게 있다. 며칠째 화창한 날이 계속되는 여름날에 우산? 조금 더 살펴보기로 한다. 안쪽에 앉은 여자의 안색은 창백하다. 금방이라도 속을 게우려는 듯 명치를 지그시 누르고 있다. 밖에 앉은 여자는 조금 신이 난 것 같다. 연신 안쪽의 여자에게 몸을 붙이려 든다. 나는 태연히 메뉴를 설명하지만 안색 나쁜 여자가 토하기라도 하면 어쩌나 싶다.

*

"그러니까 주임님, 왜 그렇게 술을 많이 마셨어요. 김 과장 그년은, 자기는 마시지도 않으면서 자기 잔까지 왜 주임님한테 넘기는데요?"

"……그게 아니라, 지난번 워크숍 때도 그랬어. 사수는 직속 후배한테 넘겨도 되는 거……."

"그럼 주임님은 나한테 넘기면 됐잖아요? 근데 왜 다 마셨는데요? 주임님 알잖아, 나 술 잘 마시는 거."

성미는 눈을 질끈 감았다. 한순간이라도 너에게서 떨어져 있고 싶어서, 너란 존재를 무시하고 싶어서 그랬다고 솔직하게 말할 수 있다면 얼마나 좋을까. 잔뜩 날 세운 말로 옆에 앉은 몸뚱이를 마구 할퀼 수만 있다면…….

"……어떻게 그래. 민경은 첫 워크숍인데. 가뜩이나 형편없는 회사, 워크숍에서 강제로 술까지 먹였다 하면 민경이 어떻게 버텨."

"대박. 감동이에요, 역시 주임님밖에 없어." 민경이 손바닥으로 성미의 팔뚝을 가볍게 툭 쳤다. 친한 친구처럼. 성미는 등받이에 비스듬히 몸을 기대고는 숨을 골랐다. 음식 냄새 때문에 식당에 들어오면서부터 헛구역질이 올라와 고역이었다. 게우지 않고 무사히 이 지옥 같은 식사 자리를 마치는 것, 그 유일한 목표는 죽음 이후의 생처럼 하염없이 멀어 보였다.

성미는 민경이 잠시 시선을 돌리는 틈을 타 슬쩍 자신의 겨드랑이 부근에 코를 대보았다. 사장을 포함하여 총 아홉 명이 근무하는 작은 회사에서 간 워크숍이었다. 장소는 대성리 인근 펜션의 단체실. 욕실은 하나였고 샤워할 엄두를 내기에 성미는 직급이 낮았다. 세수와 양치는 싱크대에서 해결했고, 화장실 가는 척 틈틈이 물티슈로 온몸을 닦았지만 역부족이었다. 어제 숯불 앞에서 흘린 땀이 그대로 몸에 말라붙은 듯 꿉꿉했다. 갈아입은 옷은 꾸깃꾸깃했고, 마르지 않은 빨래에서 나는 쉰내가 진동하는 기분이었다. 코안이 근지러웠다. 강한 음식 냄새가 체취를 덮어 다행일 수도 있다. 성미는 민경에게서 조금이라도 더 떨어지고자 벽에 몸을 밀착시켰다. 손가락을 코에 대고 냄새를 맡는 옛 버릇이 튀어나올 것만 같았다. 어떤 방법을 써도 교정되지 않던 고약한 습관.

잠시 후, 샐러드와 식전 빵이 나왔다. 민경은 음식엔 눈길도

주지 않고, 성미 쪽으로 완전히 몸을 돌리더니 자신의 손을 성미의 목에 덥석 갖다 댔다.

"세상에, 주임님 땀 흘리는 것 좀 봐. 누가 보면 혼자 운동하고 온 줄 알겠어요. 어? 주임님, 국밥 먹는 아저씨처럼 무슨 땀을 그리 많이 흘려요. 왜." 그러더니 깔깔 웃었다.

"온도를 낮춰드릴까요?" 빈승이 물었다. 성미는 약하게 고개를 끄덕이고는 작은 목소리로 감사합니다, 하고 말했다. 미소는 사치였다. 아뿔싸! 또 손가락을 코에 대고 말았다.

민경이 입사했을 때 사무실은 조금 술렁였다. 인서울 학부에 스카이 석사까지 마쳤다는 인재가 서울도 아닌, 나문시의 우수 기업도 아닌, 잡플래닛에 기록조차 안 된 누추한 가족 회사에 왜 입사했을까? 성미는 온갖 말도 안 되는 공상을 했다. 예컨대 소도시 청년층의 부당한 고용 실태에 대한 르포를 쓰고 싶어 하는 기자가 아닐까, 같은. 그러면서 상상했다. 그가 제보를 요청한다면 나는 어떻게 해야 할까.

기자는 무슨.

첫 출근날 민경은 안쓰러울 정도로 눈치를 보았다. 준비해 온 텀블러에 받은 물이 목구멍으로 넘어가는 소리가 들리지 않도록 입에 머금은 액체를 아주 천천히 빨아들였다. 서랍을 열 때는 레일 소리가 나지 않도록 굼뜨게 움직였다. 자리를 비운 누군가의 핸드폰이 울리자 두 손으로 들어 출입문에서 대기하다가 공손하게 갖다 바쳤다. 사장이 메뉴를 통일해 시킨 양평해장국을 건더기 하나 남기지 않고 비우더니 성미 옆에서 아랫배를 꾹꾹 누르고 난리였다. 안쓰러웠다. 성미는 '모범생'에 대한 동경이 있었다. 힘들게 공부했으면서 어쩌다 여기까지 와서는. 그래서 민경에게 자꾸만 마음이 쓰였다. 또 하나. 입사 7년 차인 성미와 신입인 민경은 서른두 살 동갑이었다. 그래서 더욱 민경의 심기를 거스르고 싶지 않았다. 누군가에게 상처를 입히고 싶지도 않았다.

고학력이라 오만하거나 사회성이 없을 거란 우려와 달리 민경은, 적어도 상사의 비위를 맞추는 시스템에는 빠르게 적응했다. 박수 칠 타이밍을 알았고 뭐든 배우려 했다. 무엇보다 대단한 것은 공개적으로 사수에게 완전히 의지하는 모습을 보였단 사실이다. "어때, 스카이 출신을 가르치는 기분이?" 사장이 물었을 때 성미는 뭐라 대답할지 몰라 술잔을 꺾었다. 옆에서 민경이 대신 말했다. "학벌이 뭐가 중요해요. 야전에선 경력이랑 계급장이 최고죠 뭐!"

그러고 지어 보이는 웃음이 거짓이고 가식이라는 걸, 끝까지 숨겼으면 얼마나 좋았을까. 민경은 항상 생각했다. 그래서, 민경이 자신에게 다가오려는 시도조차 하지 않았다면 얼마나 편했을까.

언제부터인가 성미 앞에서 민경은 돌변하곤 했다.

"주임님, 얼른 드세요. 여기 엄청 검색해서 찾았어요. 주임님이랑 진짜 밥을 같이 먹고 싶었다고요. 회사에선 주임님밖에 믿을 사람이 없는데, 주임님이 너무 바쁘다고 했잖아요. 어떻게 만날 그래요? 금요일이든 주말이든 회사 생각 안 하고 만나서 맛있는 거 먹는 거, 그거 한 번 못 할 정도로 바쁠 수가 있어요, 사람이? 주임님 그러다 쓰러지면 나는 어떡해요."

민경을 피한 지는 오래되었다.

성미가 민경에게 잘해 준 건 특별한 이유가 있어서가 아니었다. 불쌍해서였다. 만약에, 라는 가정이 민경을 보면 자꾸 피어올랐다. 만약에 내가 저 처지였다면 어떤 기분일까. 석사까지 마치고 취직한 곳이 나문시 소기업이고, 이름 없는 2년제 출신 동갑 사수를 모셔야 한다면. 사람들 앞에서의 사근사근한 모습이 진심일 리 없다고 여겼다. 벼랑 끝에 내몰린 포로의 비굴함 같은 게 지금 민경의 마음이리라 짐작했다. 자신의 판단에 맞춰 민경을 대하는 게 옳겠다 싶었다.

민경은 비위는 잘 맞추었으나 업무 능력은 형편없었다. 관련 없는 전공이니 유니폼 제작의 전반적인 시스템을 모르는 거야 그렇다 칠 수 있었다. 그러나 몇 번을 가르쳐도 사소한 사항을 하나둘 빼먹었다. 공장과 소통할 때 쓰는 일본식 용어를 수십 번 되풀이해도 기억하지 못했다. 윗사람들에게 혼날 때는 아무 말도 하지 않다가 유독 성미에게만 불만을 제기했다. "찾아보니까 순화어를 써야 한다는데 왜 사람들은 옛날식 일본어를 쓰나요?" "이 과정을 이렇게 바꾸면 훨씬 간편하잖아요, 왜 아무도 고칠 생각을 하지 않나요?" 그때마다 성미는 민경의 말을 듣는 척했다. "맞아 민경, 민경 말이 맞지……." "그냥 습관이야. 당장 프로세스를 바꿀 수는 없잖아."

그리고 매번 이렇게 마무리했다. "똑똑한 민경이 좀 봐줘."

막상 민경이 고안했다는 방법은 구멍투성이였지만 성미는 이해하려 했다. 미래를 알았다면 "민경, 너랑 다르게 우리 업계가 다들 가방끈이 짧아 이해 안 될 게 많을 거야. 근데 그걸 바꿔야겠다는 마음을 가지면 힘들어" 같은 말은 하지 않았을 것이었다. 더욱이 "나도 그랬고"라는 말은 절대, 절대, 절대.

"주임님, 근데 있잖아요. 나 좀 서운한 거 있었다?"

샐러드를 싹 비운 민경이 포크로 그릇 바닥을 긁다가 불쑥 말했다. 요동치는 속을 진정시키느라 먹을 생각도 못 한 성미의 접시까지 해치운 후였다.

"뭐, 갑자기 무섭게……."

"우리 워크숍에서 김 주임, 그년이 그랬잖아. 우리 회사에서 선배가 제일 카톡 빨리 읽는다고요."

성미는 두 눈을 질끈 감았다.

"난 처음 듣는 소린데? 선배 바쁘다며. 엄마 간병하느라 바로 바로 못 본다며. 나한테 그랬잖아요, 분명."

자기 상태와 감정을 극도로 팽배하게 전시하여 자아의 붕괴를 막는 사람. 민경이 그런 사람이라는 사실을 성미가 알게 되었을 때는, 한참 늦은 후였다. 매일 눈을 뜨면 민경의 카카오톡 메시지가 도착해 있었다. 싫은 마음을 억눌러 짧은 답장을 보내면 이야기를 갈무리하기도 전에 말풍선 옆의 1이 사라지고, 득달같이 다음 메시지가 날아왔다. 바쁜 아침에 정좌하고 앉아 상대가 메시지를 읽을 때까지 눈을 부릅뜬 채 기다리지 않고서야 그럴 수가 있나? 성미는 이해할 수 없었다. 막상 내용은 시답지 않았다. 매일, 온통, 오늘은 얼마나 출근하고 싶지 않은지, 회사 사람들이 얼마나 멍청한지, 자신이 어젯밤 어떤 스트레스성 증상을 겪었는지, 그리고 성미가 얼마나 유일무이하게 대단한 사람인지를 줄줄이 늘어놓았다. 그뿐이었다.

'씨ㅂ 주임님. 오늘은 진짜 내가 다 죽일까. 걔네 어차피 사회

악인데. 나 진짜 죽이든지 죽든지 하려구요. 내가 죽으면 좀 고쳐지긴 할까요?'

조금 더 솔직해지기도 했다.

'주임님. 선배. 선배는 이해할 수 있잖아요 솔직히, 아 솔직히 저 학벌 차별주의자는 아니거든요? 선배는 알잖아요 이 회사 시스템이 멍청한 거랑 아무도 그걸 알아차릴 능력이 없다는 거. 선배 말고 그거 알아줄 사람이 어디 있어요. 그래도 선배는 여기서 제일 똑똑하잖아.'

매일 보내오는 똑같은 메시지에 성미는 지쳐 갔다. 부드럽게 타이르는 것도 하루 이틀이었다. 네가 말하는 쓰레기 같은 이들과 쓰레기 같은 시스템에서 나는 7년이나 일했어. 나까지 싸잡아 병신으로 취급하는 거지? 성미는 매일 아침 머리를 말리며 생각했다. 민경을 생각만 해도 이마가 지끈거려 뜨거운 바람도 쐬질 못했다. 그러나 성미의 윤리관에서 '읽씹'은 불가능한 일이었다. 그래서 알맹이도 없는 메시지를 골똘히 고민하고는 발송했다. '오늘은 별일 없이 무탈하기를! 파이팅!'이라는 한 줄을 쓰는 동안에도 민경이 동시에 또 메시지를 보낼까 싶어, 미리 메모장에 내용을 적은 후 복사해서 보내곤 했다.

출근하기 전엔 얼굴이라도 안 볼 수 있지. 회사에서는 더 끔찍했다. 민경은 성미가 화장실에라도 가려고 하면 따라 나와 문지 않은 이야기를 해댔다. 주제는 다양했지만 내용은 같았다. 남에 대한 끝없는 험담.

그럼에도 점심시간에는 제일 먼저 수저를 깔고, 물을 떠 오고, 모두의 말에 호응했다. 성미 앞에서만 본색을 드러냈다.

"솔직히 말하면 내가 메시지를 잘 읽는 사람은 아니야. 근데 회사 사람들은 다 내 상사잖아. 울며 겨자 먹기로 읽는 거지. 민경 메시지만 안 읽는 게 아니라."

성미가 변명하며 물을 들이켰다. 마침맞게 등장한 사장이 스테이크 접시를 내려놓았다. 더는 못 삼키겠어. 성미는 죽은 동물 살의 붉은 단면을 보며 생각했다. 토할 것 같아. 그만 나가고 싶다고 하면 민경이 나를 보내 줄까?

그러거나 말거나 민경은 또 같은 레퍼토리를 늘어놓았다.

"그래요? 난 또, 선배까지 나를 왕따를 시키나 해서 너무 무서웠죠. 나한텐 선배밖에 없는데, 선배가 날 미워하면 난 진짜 그냥, 그냥 죽을 거예요."

"죽긴 왜 죽어." 성미는 서둘러 포크를 들었다. 할 수 없이 붉은 즙이 흥건한 스테이크 조각을 쿡 찍었다. 왼손으로 즙이 흐르지 않도록 받치며 민경의 입 근처로 포크를 가져가며 말했다. "민경, 이 회사는 진짜 작고 이상한 회사야. 민경 능력이면 좋은 회사 갈 수 있는데 왜 자꾸 그런 생각을 해! 얼른 경력 쌓아서 나가면 돼. 얼른 이거 먹어요. 워크숍은 먹을 것도 없었잖아. 돼지고기는 비계랑 물렁뼈밖에 없던걸! 먹어. 잘 먹는 게 남는 거야."

"이 회사를, 나가라고요?"

민경이 파리를 쫓듯 손을 휘젓는 바람에 성미의 손이 거기 맞았다. 포크는 그대로 날아가 바닥에 떨어졌다. 포크를 다시 달라고 하자, 성미는 중얼거리며 테이블 위에 놓인 작은 종으로 손을 뻗었다. 단둘이 있는 시간을 조금이라도 줄이고 싶었다.

그때 민경이 벌떡 일어나더니 성미의 손목을 잡아 비틀었다. 가슴팍이 테이블 위로 늘어지는 바람에 티셔츠가 기름기며 소스로 범벅이 되었으나 아랑곳하지 않았다. 성미는 앓는 소리를 냈다. 갑작스레 딸꾹질이 나왔고 횡격막이 경련할 때마다 토사물이 식도 입구까지 올라왔다가 다시 내려갔다.

놀랐다. 민경은 성미를 이런 식으로 거칠게 만진 적이 없었다. 어쩌면 다행 아닐까? 성미는 눈을 동그랗게 뜨고 손바닥을 명치에 댄 채 생각했다. 방금의 행동은 명백한 폭력이다. 민경과 멀어질 수 있는 충분한 계기로 삼을 수 있지 않을까 싶었다. 거기까지 생각이 미치니 딸꾹질이 가라앉았다.

이번에야말로 속에 있는 말을 해야지. 그러나 민경이 선수를 쳤다.

"주임님. 선배."

그러더니 덧붙였다. "아, 어디서 이렇게 쉰내가 나나 했더니 선배에게서……."

성미는 민경의 눈을 총소리가 날 때까지 멍하니 바라보았다. 총소리가 나는 줄도 몰랐다.

3부

문제 제기

마지막 실험을 시작하라는 미미의 명이 떨어지자마자 빈승은 복도를 돌아다니며 여기저기 총을 빵빵 쏴댔다. 하지만 신경은 오븐에서 익어 가는 브라우니와 방금 냉동고에서 꺼낸 아이스크림에 가 있었다. 10분만 시간을 주었으면 디저트까지 서빙해 코스를 마칠 수 있었을 텐데. 빈승은 애써 만든 음식을 버리게 된다는 데 기분이 상해 벽을 향해 총을 한 번 더 쏘았다. 반동으로 몸이 출렁 움직였다. 손님들은 비명을 지르겠지만 뱅상 식탁의 구조상 서로의 비명을 듣지는 못할 것이다.

 ―무슨 생각을 할까, 궁금하다. 물어보고 싶지 않아요?

 ―어떻게 생각을 하겠어. 그냥 무섭겠지.

 ―나는 아닌데요. 죽고 싶다는 생각, 한 적 많단 말이에요. 사람들도 그런 생각을 할까 내내 궁금했는데. 다 나처럼 힘들고 괴롭고 억울한데 웃으면서 사는 건지.

 네가 어떻게 죽어, 라고 빈승은 말하고 싶지 않았다. 미미를 자신과 같은 '인간'으로 여기기로 마음먹은 지 오래였다. 서른다섯 해를 살아오는 동안 누구보다 가깝고 위안을 주는 존재가 미미였다. 무엇보다 빈승의 삶을 백팔십도 바꾸어 준 귀인이다. 어떻게 내 마음을 다 알지, 의아할 정도였다.

죽음. 빈승 역시 상상해 본 적은 많다. 이상한 것은 삶의 끝이 다가오는 형식보다는 누구와 함께일까를 먼저 그린다는 점이었다. 옛 연인에게서 오랜만에 연락이 와 재회 중이라거나 하는 특별한 일이 벌어질 것 같진 않았다—일단 빈승에겐 그리워할 옛 연인이 없었다—. 이런저런 죽음을 상상하고, 죽고 싶다는 생각도 많이 했지만 막상 시도는 없었다. 노오오오력의 시대는 쏜살같이 뛰는 거대한 들짐승 같았고 빈승은 시간의 등허리에 올라타 떨어질까 두려워 눈만 꼭 감은 채 버텨 왔다.

아등바등 버틴 손은 다 곱아 이제는 펴지지 않았다. 곱은 손가락으로 빈승은, 자주 타인에게 손가락질하곤 했다. 다만 손가락이 구부러져 있어 당신을 향한 비난이 아니었노라고 시치미를 떼기가 몹시도 쉬웠다. 나 자신에게 욕을 한 거예요, 자기반성을 한 거라고요, 나는 그렇게 괜찮은 사람입니다, 하는 식으로.

벽에 기댄 빈승의 눈에 드문드문 나방파리가 보였다. 어마어마한 일이 펼쳐지고 있는데 별 용무 없다는 듯 태연한 건 나방파리뿐이다. 어둑한 통로라 가게 구조에 익숙한 빈승의 눈에만 보일 것이다. 빈승은 총을 들지 않은 왼손 손가락으로 벽에 앉은 나방파리를 꾹 눌렀다.

*

일주일 전 토요일. 빈승은 잠에서 깨 벌떡 일어나서는 침대 아래로 굴러떨어졌다. 등이며 겨드랑이, 목이 온통 축축했다. 시트는 빈승이 누웠던 모양대로 젖어 있었다. 땀방울이 아직 목덜미를 굴러다녔다. 자기 전에 술을 마신 탓이었다. 종일 서서 일하고 집에 돌아오면 극도로 피곤했음에도 잠이 잘 오지 않았고, 그때마다 미미는 독주를 권했다. 그게 습관처럼 굳었다.

새벽 4시. 잠자리에 든 건 새벽 1시였다. 빈승은 술을 마시면 세 시간 후에 깨곤 했다. 오늘은 세 시간 동안 억겁 같은 긴 꿈을 꾸었다. 꿈에서 어떤 일이 있었던가? 머리맡에 둔 연필과 노트를 손에 쥐었다. 기억이 휘발되기 전에 적어야 했다.

그러나 노트를 펼쳐 빈 페이지가 나올 때까지 종이를 넘기다 우뚝 멈추었다. 두 가지 이유였다. 첫째는, 미미가 요구하지 않은 기록을 스스로 하고 있다는 사실. 빈승은 굳은살이 동그랗게 올라온 중지를 어루만졌다. 1년 넘게 미미의 말에 따라 살았다. 그래서 헷갈렸다. 미미가 이걸 원할까? 지배당하는 이의 관성

일 수도 있다. 미미가 아니었다면 정빈승은 진작에 이 세상 사람이 아닐지도 모르니. 더하여 이런 생각도 들었다. 이렇게까지 추악한 일들을 보여 줄 필요가 있을까? 다정한 미미에게? 빈승은 고개를 저었다. 미미의 목적은 모르겠지만 미미가 안온한 것만 보고 인간들을, 특별히 자신을 각별하게 여기면 좋겠다고 빈승은 항상 바랐다.

　-왜 멈춰요? 뭘 적을 게 아니었어요?

　빈승은 머리를 세게 흔들었다.

　-네가 이렇게 더러운 것들은 몰랐으면 좋겠어.

　그게 다 거짓 포장이라 하더라도.

　두 번째 이유는 꿈의 내용을 이미 알고 있기 때문이었다. 주방에서 사람들의 대화를 훔쳐 들으며 빈승은 자주 불쾌감에 휩싸였다. 저들과 같은 종자라는 데 화가 났다. 저들이 겉으로 멀쩡한 척하며 잘 먹고 잘 사는 현실에도 분노했다. 밀어를 속삭이는 연인조차도 머릿속에는 딴마음을 품고 있었다.

　그런데 무슨 일일까. 신기하게도 빈승은 꿈을 꾸고 나서야 자신이 그 사연들을 기억 못 한다는 사실을 깨달았다. 다른 생명의 살을 자르고 굽는 데 너무 많은 힘을 쏟았기 때문일지도 몰랐다. 폭력은 폭력으로 망각이 되는 건지…….

　꿈은 하나도 새로울 게 없었다. 빈승이 지금껏 일지에 적었던 인물들이 총출동해서는 서로를 험담하고 속이고 배신하고 때린 후에 사과하고 사과와 동시에 또 때렸다.

그것들을 모두 섞으면······.

빈승은 전부 자신이 기록한 내용임에도, 다시금 마땅한 단어를 찾지 못했다.

-세상에 좋은 사람도 많거든. 네가 뭘 유도하려는지 잘 보이는데. 아니, 내가 바보가 아니야. 이건 실험 조건이 잘못됐어. 조건을 무진장 특수하게 설정해 놓고 거기 모여든 극히 소수의 샘플을 인간 본연이라 한다면 어폐가 있어. 어떤 연구자도 인정하지 못할 거야. 내 생각은 그래. 무엇보다, 나는 네가 이런 걸 보지 않았으면 좋겠어.

뱅상 식탁이 오픈한 지 두 달쯤 되었을 때 빈승이 미미에게 항변했었다. 미미는 작은 목소리로 조심스레 말했다.

-내가 원해서 그런 정보를 달라는 게 아니에요. 나도 누군가에게 고용되어 있다고 했잖아요. 그는 그저 재미있는 샘플을 원해요. 특수하면 더 좋다는데. 빈승은 오해하고 있어요. 나는 즐겁지 않아요. 그저 수집하는 거죠, 사례를. 나의 고용주는 보편성엔 조금도 관심이 없어요. 그가 원하는 건 에피소드이고, 나는 거기 복종하는 거예요. 내가 하고 싶지 않다고 하면 다른 담당이 오겠지요. 아니면 투자를 회수하거나.

그 말이 빈승의 죄책감을 없애 주었다. 이후로 충실히 사례를 기록했고, 일종의 논평을 덧붙이는 일도 잦았다. 믿을 수 없는 일이 생길 때마다 빈승은 생각했다. 이것은 몹시 특수한 일. 일반적이지 않은 것. '재미있는 샘플'일 뿐. 여기에 감정을 실을 필요가 없다고.

그러나, 그 모든 샘플이 범벅되어 재생된 꿈에는 초연할 수 없었다.

미미가 자신을 택한 이유가 있을 것이다. 처음엔 빈승도 자신이 고결하다거니 하는 말을 믿지 않았다. 하지만 주방에 틀어박혀 손님들의 대화를 들으며 점점 미미의 고용주가 옳았을 수 있겠다고 여기게 되었다. 평범해 보이는 사람들이, 서로의 손을 잡고 빈승에겐 미소를 보내던 이들이, 핸드폰을 건네면서 독특한 경험에 대한 설렘을 감추지 않던 그들이 빈승이 사라지면 돌변했다. 특별한 경험이 아니라 구역질이 나는 속내를 들키지 않고 상대에게 보여 주기 위해 이곳을 빌린 것뿐이었다.

꿈에서 빈승은 자신의 기록을 한꺼번에 마주했다. 어떻게 가능했는지는 잠에서 깨자마자 빠르게 잊었다. 몇 차원짜리 꿈이었을까? 빈승은 노트를 들어 땀을 흘리며 페이지를 넘겼다. 한 번에 네 쌍. 그들을 관찰한 노트도 열 권째였다. 꿈속에서 빈승은 그 모든 이가 되었다. 그리고 기록된 이야기에서 가장 추저분한 구석을 경험했다. 아무리 괴로워하고 욕을 짓씹고 발버둥을 쳐도 소용없었다. 어느 이야기에서는 자신도 모르는 사이 손에 야구방망이가 쥐어져 있었고 그걸 미친 사람처럼 휘둘렀다. 재생은 셀 수 없는 방향으로 계속되었다.

빈승이 처음으로 부당하다고 느낀 게 그 시점일지 모른다. 빈승의 가게에 감정을 배설하고 사라진 이들은 이렇게 괴롭지 않을 텐데 왜 기록자인 자신은 시달려야 할까? 쓰레기나 다름없는 관계들은 누가 처리하는가?

-빈승 덕에 인간들에 대해 잘 알게 되었다고, 흡족해하시네요.

간신히 꿈에서 깨어나자 미미가 뭐라고 했던가.

-정말로 가장 궁금한 질문에 대한 대답은 아직 찾지 못했지만, 빈승이랑 내가 방법을 찾아내겠죠, 곧. 나는 빈승을 믿으니까. 세상 누구보다요.

-나 말고 또 누굴 믿어?

빈승의 물음에 미미가 대답했다.

-빈승 말고 누굴 믿어요.

그러더니 이어 말했다.

-'상급의' 인간이잖아요, 빈승은. 이유 없이 선택된 게 아니에요. 상급이라 고통받은 사람이라서, 그래서 모든 상처를 갚아야 해요. 나는, 빈승이 너무 궁금해요. 만날 수 있다면 얼마나 좋을까. 보통 사람

들처럼.

그때부터 빈승은 혼자 토막 난 욕설을 중얼거리는 일이 잦아
졌다. 자신도 모르게 일어나는 일이었다. 샤워하다가, 옷을 입
다가, 분리수거를 하다가. 한번은 가스 안전점검을 하러 온 검
침원에게 난데없이 험악한 단어들을 뱉기도 했다. 얼굴이 새하
얘진 검침원이 신발도 제대로 꿰어 신지 못하고 나간 후에 또
욕을 했는데, 이번엔 의도적이었다. 자신이 무슨 짓을 했는지
깨달은 데서 오는 괴로움 때문이었다.

정빈승은 그런 인간이 아니었다. 아니라고 확신했다. 자신이
피해자라고 믿어 의심치 않았다. 잘못이 있다면 멍청하게 사람
을 너무 잘 믿었던 것뿐이다. 악의로 가득한 세상이 자신을 고
꾸라뜨리려 애쓰고 있다고 믿어야만 분노를 통해 생존할 수 있
었다. 내가 이상한 게 아니었다. 세상이 이상한 것이었다. 그런
자신을 온전히 파악하고 오해하지 않는 건 미미뿐이었다. 미미
가 말하지 않았나, '상급의' 인간이라고!

이제 미미가 자신을 궁금해한다. 무엇을? 빈승은 그걸 묻지
못한 채 혼잣말만 중얼거리며 앓았다. 얼굴에 철판을 깔고는 꼬
치꼬치 캐물을 걸 그랬다는 후회를 수십, 수백 번 했다. 그러나
빈승이 가까스로 대화의 물길을 돌리려 하면 미미는 귀신같이
화제를 바꾸었다.

빈승은 영업이 끝난 후 부엌에서 칼자루를 쥐고 휘두르며 동물원에 갇힌 곰처럼 빙글빙글 돌았다. 그러면서, 미미가 무엇을 알고 싶어 하고 있을지 상상했다.

하나. 빈승의 과거. 그렇다면 하소연 거리가 많았다. 빈승은 지금껏 너무 많은 상처를 받아 왔다. 어렸을 때부터 친구가 없었고, 조금이라도 마음을 준 이들은 빈승을 배신했으며 이 과정에서 숱하게 괴롭힘을 당했다. 부모? 없느니만 못했다. 밀림에선 도태되는 짐승이 많다는데, 자신은 인간으로 태어났기 때문에 아득바득 살아 있는 거라고 자주 상상했다. 허름한 골방에서 내셔널지오그래픽 다큐멘터리만 주야장천 보았던 때문일 수도 있다. 그러니까, 이 빌어먹을 인간들은 나를 살해하지 못해 괴롭히기만 한다고. 야생에서는 아비어미도 새끼를 죽이고, 동족끼리 연합하지 않고, 암컷이 수컷을 잘근잘근 씹어 먹지 않던가!

그게 아니라면, 뱅상 식탁을 연 이후 변한 빈승의 삶과 마음. 그게 왜 궁금할까? 빈승은 골몰했으나 떠오르는 대답은 겨우 하나였다. 미미가 자신에게 지대한 관심을 가지고 있다는 정도. 그렇다면 오히려 되묻고 싶은 게 많았다. 영험한 승려라도 있다면 찾아가고픈 심정이었다. 줄곧 빈곤했던 빈승은 돈만 있으면 많은 게 해결되리라 여겼다. 그러나 복권에 당첨되고, 성형으로 얼굴을 갈아엎고, 집을 계약하고, 가게를 열고, 매달 쌓이는 잔고를 세면서 내내 불행했다.

이유는 알 수 없었다. 외로워서 사람을 사귀고 싶다면 모임에 나가면 된다. 당첨금을 빼앗아 갈 사람도 없다. 그러니까, 지금 빈승에게는 불행해질 요소가 전혀 없었다. 사람들의 대화를 훔쳐 듣는 게 뭐가 그리 큰 죄라고.

그런데, 내일도 이 일을 해야 하는 걸 매일 밤마다 한탄하는 이유는 뭘까? 빈승은 미미의 목소리가 들리지 않는 순간들에 촘촘히 끝을 생각했다. 그리고 그 체념을 슬그머니 구겨 버리는 듯 구는 미지의 목소리, 미미를 붙들고 묻고 싶었다. 너를 사랑하고 또 너에게 사랑받는다 한들, 대체 내가 지금 무슨 짓을 하는 거야.

*

정빈승. 만 35세. 남성. 시도 때도 없이 주먹을 휘두르는 아버지와 그에 대한 분노를 아들에게 푸는 어머니 밑에서 자랐다. 그때 고개를 꺾고 눈을 찌푸리는 틱이 생겼다. 사람들 앞에서는 가능한 한 말을 아끼고, 잘 나서지 않는 소극적인 성격이 되었다. 누군가 지시하지 않으면 뭘 해야 하는지 몰라 학교에서도 군대에서도 가장 세 보이는 이들을 골라 따르려 했으나 그들은 빈승을 피했다. 차라리 괴롭히면 나았을 것이나 사람들은 빈승더러 '음침하다'고 했다. 무엇이 '음침한지' 알 수 없었으나 빈승의 무언가가 사람들을 두렵게 만드는 것 같았다. 변변한 일자리는커녕 아르바이트 하나 제대로 얻지 못했다. 그나마 공장이나 물류센터에서 간간이 일했다. 여름엔 온몸에 발진이 일어나 흉이 남았고 겨울엔 피부가 부르텄다. 빈승에게 먼저 손길을 내밀어 준 이가 있긴 했다. 물류센터에서 만난 선량한 관리자였는데, 친해진 지 얼마 안 되어 일을 그만두었다. 얼마 후 결혼으로 돈이 필요하다며 500만 원을 부탁할 때, 빈승은 고마움이 더 컸다. 돈은 돌려받지 못했는데, 그보다 결혼식 때 빈승만 빼고 다른 사람들은 초대한 것을 알았을 때 더 가슴이 아팠다.

아무리 생각해도 알 수 없었다. 왜 누군가의 애정 표시는 기꺼운 것이고 누구의 애정은 피해야 할 대상일까?

뱅상 식탁을 열게 되었을 때, 그 의문을 풀 수 있지 않을까 기대했다. 설계도 완벽했다. 사람들의 대화는 내리막길을 구르는 공처럼 처음에는 굼뜨다 점점 빨라졌다. 디저트가 나올 때면 밑바닥에 도달했다. 그 속도의 변화와 경사도를 측정한다면 중력 가속도를 알아낼 수 있을 것이었다. 말의 거짓과 진실에 작용하는 힘의 수치를, 그것이 자연적이라면. 뱅상 식탁은 일종의 실험실이었다.

왜 실험실이 영원히 가동되리라는 멍청한 희망을 가졌을까?
어느 날, 미미가 물었다.

-실험 결과가 도출되면 실험실을 어떻게 해야 할까요? 실험용 동
물들은?

그러곤 덧붙였다.

-이제 필요한 건 거의 다 알아냈거든요.

빈승의 가슴이 내려앉았다.

-벌써?

-섭섭해요?

빈승은 대답하지 않았다.

-떠나지 않을 수도 있어요.

미미가 웃더니 말했다. 그 방법을 묻지 않은 것은 빈승이 가
진 자존심의 찌꺼기였다.

-지금껏 도움을 받아 알게 된 게 참 많아요. 그런데 가장 궁금했던
건 시도조차 할 수가 없었어요, 실험실을 유지해야 했으니까.

빈승은 미미를 잃고 싶지 않았다. 그런데 작금의 분위기는 너
무나 이별의 그것이었다.

-마지막 실험이 남았어요. 이것만 끝나면 이제 자유예요. 빈승은
하고 싶은 거 하고 살아도 돼요. 일 안 하고 살아도.

-뱅상 식탁을 없애겠다는 거야?

-빈승에겐 좋은 일 아니에요? 사람들 견디기 힘들어했잖아. 남은 돈은 퇴직금이라 여기고요.

돈은 상관없어. 나는 너와 계속 있고 싶어. 빈승은 생각했다. 한편으로는, 대가 없이 행운을 누렸을 리 없다는 사실을 자각했다. 이제야 자신의 쓰임을 확실히 알게 된 빈승의 얼굴에 쓴웃음이 돌았다.

-불이라도 지르래?

미미는 웃지 않았다.

-그러면 마지막 실험을 관찰하기 힘들잖아요. 빈승도 위험해지고. 빈승은 절대로 안전해야지, 특별한 사람이니까.

언제부터인가 미미에게 칭찬받을 때마다 아랫도리가 후끈거렸다. 내가 도달할 끝은 결국 비극이구나, 모두가 나의 파멸을 원하는구나, 라는 일종의 체념을 미미가 뒤엎어 감사했다.

-하라는 대로 할게. 다만······.

빈승은 진심이었다.

-너는 나를 떠나지 마.

4부

실험 과정

테이블 No. 1

　수창은 흐느꼈다. 자신을 안은 애진의 가슴팍이 축축하게 젖었지만 수창은 가책을 느끼지 않았다. 스스로 말하지 않았는가. 징그러운 남편과 애를 낳고 키운 가여운 여자라고. 이런 상황에서도 침착한 것도, 저도 모르게 눈물부터 터진 수창에게 먼저 두 팔을 열어 준 것도 남편이 증오스럽기 때문일 것이다. 잡아먹힐까 두려워하면서도 암컷에게 돌진하는 수컷 거미처럼……. 수창은 지금 자신이 수컷 거미의 구애 장면을 연상했다는 데 언짢아져서는 고개를 흔들며 정정했다. 아니지, 맹수들이 어슬렁거리는 초원에서도 숨지 않고 수컷을 기다리는 암컷처럼.

　"같이 빠져나갈 수 있을 거예요."

　애진이 속삭이며 수창의 등을 토닥였다. "제가 살면서 이젠 정말 끝이구나, 내 인생은 끝났구나, 하는 순간이 얼마나 많았는지 아세요? 애를 가진 걸 알았을 때부터 계속, 계속. 그렇지만 다 어떻게든 지나갔어요. 이번에도 그럴 거예요. 정신만 바짝 차리면 되어요, 교장 선생님."

어쨌거나 애진의 손이 떨리고 있다는 사실에 수창은 만족했다. 자신만 겁먹은 게 아니다. 그렇다면 솔직한 편이 낫지 않나. 강한 척해 봐야 이로울 것도 없다. 수창은 그렇게 자신을 위안하며 더 울었다. 울면서 상상했다. 여기서 죽는다면 아내는 어떤 반응을 보일까. 후회하고 그리워할까, 앓던 이가 빠졌다고 속 시원해할까. 또…… 남편이 마지막 순간에 다른 여자와 함께 있었다는 사실에는?

그러다 움찔 놀랐다. 죽긴 뭘 죽어. 아직 하고 싶은 게 많다. 억울하다. 무엇보다 자신을 배신한 아내보다 일찍 죽을 수는 없다. 누구 좋으라고?

계속 중얼거리던 애진은 정작 수창이 뭔가 말하려고 하자 입을 틀어막았다.

"쉿. 뭔가 이야기하고 있어요, 저 사람이!"

복도 쪽에서 산발적으로 울리던 총성이 멎었다. 대신 남자 목소리가 들렸다. 확성기라도 사용한 듯 크고, 기계음으로 덮인 건조한 음성이었다. 그에 반해 말투는 깍듯했다. 주눅이 든 듯도 했다.

"복도로 나올, 용기를 내는 분은 설마 없겠지요?"

다시 한번 총성.

"좋은 소식과 나쁜 소식이 있는데…… 무엇부터 들으시겠어요?"

누구에게 묻는 거야! 이곳에 모두 몇 명이나 있을까? 수창은 의아했다. 목소리는 잠시 뜸을 들이더니 답을 들었다는 듯이 굴었다.

"그럼 좋은 소식 먼저. 그러니까, 손님을 모두 쏘라고는 듣지 않았어요……."

애진의 손바닥이 아직 자신의 입술 위에 있다는 걸 깨달은 수창은 애진을 보며 나직이 물었다. "뭘 들어요? 누가 시켰단 건가요?" 애진이 미간을 찌푸리더니 숨을 내쉬었다. 마른 입에서 음식물쓰레기 수거함 냄새가 나 수창은 숨을 참았다. 아내한테서는 맡아 본 적 없는 냄새다.

"나쁜 소식은, 여러분을 그냥 내보낼 수도 없다는 거예요. 절반은 살아 나갈 테지만 절반은……."

죽이기라도 하겠단 건가. 수창은 생각했다. 남자의 나이는 30-40대 정도? 아들뻘이니 아버지뻘일 자신은 살 수 있지 않을까……. 다른 테이블에 자신 또래가 없어야 한다. 이런 데는 젊은 여자들이나 커플들이 많지 않을까. 다행이다……. 저런 놈은 주로 여자를 목표로 삼을 것이라고, 수창은 반쯤 확신했다.

그러나 목소리는 수창의 기대를 단번에 끊어 버렸다.

"테이블당 한 명씩만 내보내야 한대요. 나머지 한 명은…… 한 명은. 죄송하지만 나갈 수 없어요."

그러고는 큼! 하고 헛기침했다.

"누가 나가고 누가 남을지는, 그러니까……. 두 분끼리 의논해서 정해 주세요. 10분 드릴게요. 시간은, 맞다, 핸드폰이 없지. 그러면 대충 감으로, 죄송해요. 어쨌든 합의하세요. 딱 10분이에요……. 10분 후에 사이렌을 울리면, 살 분들이 복도로 나오시면 돼요……."

그러고는 대단한 농담을 한 것처럼 웃었다.

"하지만 만약 사이렌이 울리기 전에 복도로 나오는 분이 있다면……."

말이 끝나기 전에 총성이 한 번 더 울렸다. 식당 밖에서는 이 소리가 안 들린단 말인가? 수창의 목덜미에 굵은 땀이 흘렀다. 에어컨은 꺼져 있었다.

"그런 분은 쏘아도 좋다고 하네요. 그러면 서로 대화를……. 대화를 시작하면 되겠어요. 저는 그동안 기다릴게요……. 가끔 몇 분 남았는지는 알려드릴게요."

확성기 사이렌이 짧게 울리고는, 곧 사위가 조용해졌다. 그때까지도 애진의 손은 수창의 입에서 떨어질 생각을 하지 않았다. 수창이 애진의 손을 자신의 손으로 덮었다. 애진이 어깨를 움찔거리며 중얼댔다. "맙소사, 이게 무슨…… 어쩌면 좋아……."

수창은 애진의 손을 떼어 그대로 손아귀에 쥔 채 침묵했다. 시간이 얼마나 흘렀는지 알 수 없어 숨을 들이쉬고 내쉴 때마다 불안해 미칠 것 같았다.

"저희도, 의논해야 하는 걸까요."

수창이 먼저 입을 열었다. 애진은 몸서리쳤다. "나 살자고 옆 사람 죽일 방도를 고민하라는 거잖아요. 전 그런 거 못 해요."

"10분이에요. 다른 방법이 없어요. 일단은 따르는 척이라도 해야 합니다."

애진이 침을 꿀꺽 삼켰다. 수창은 힘주어 다시 말했다. "일단은 복종하는 척하면서 기회를 노려야 해요. 그러니 누가 덜 살아도 될지 생각하는 시늉이라도 합시다." 당연히 애진은 별생각이 없을 거라 여기면서.

예상과 달리 애진은 당장 되물었다.

"상처하셨다고 하셨죠, 교장 선생님?"

애진의 손에 힘이 들어갔다.

"자식도 없다고요?"

설마. 수창은 손에 힘을 주었다. 그 말에 섞인 진의는 확실했다. 나더러 희생하라는 거잖아. 이렇게 쉽게 본색을 드러내는 건 수창이 믿고 있던 애진의 성격과도 맞지 않았다. 적어도 양보하는 척이라도 해야 했다. 자신이 따르고 있는 윤리처럼. 자기가 살아야 마땅하다고 여기는 근거는 대체 무엇인데?

"저는 일이 많아요." 애진이 조곤조곤 설명했다. 왜 이리 침착한지 수창은 이해할 수 없었다. 왜 목소리가 떨리지 않지? "우리 큰애 부부는 맞벌이하느라 제가 아이를 봐주지 않으면 도통 살 수가 없어요. 작은애 쪽은 안사돈이 중증 치매라 요양병원에 있거든요. 내가 주말마다 가서 수발을 들어요. 나 없으면 다들 못 살아요……."

"하지만 나는 죽어도 슬퍼할 사람이 없다, 이겁니까?"

마침내 애진의 손을 떼는 데 성공한 수창이 한마디했다. 애진은 눈 하나 깜짝하지 않았다. "그런 뜻은 아니에요, 그냥 드린 말씀이지요. 돌아가신 사모님이 슬퍼하시겠지요. 다만 제 쪽은 죄다 산 사람인걸요?"

네가 죽으라는 말로 들렸다.

수창의 머릿속에서 여러 롤의 필름이 한꺼번에 재생되었다. 첫 롤은, 합평 수업. 아무리 소설이라지만 너무 한쪽에 치우쳐 있지 않습니까, 남자 인물은 하나도 없고 여자 인물은 전부 결혼을 안 한 채로 남자들이랑 이렇게 많이 만난다는 게……, 라고 말하는 수창을 푸짐한 똥처럼 보던 딸뻘 동기들, 그때마다 보란 듯 자신에게 칭찬을 늘어놓고 환심을 사려고 하던 애진. 얼마나 속이 빤히 보였는지.

두 번째 롤은, 아내. 친정이 잘 산다는 이유로 시부모를 대놓고 무시하던 여자. 차례도 제사도 안 지내고, 안부 전화 한 번 제대로 할 줄을 모르고, 심지어 애도 안 낳겠다고 선언해 시부모가 목덜미를 잡고 쓰러지게 만들고는 뻔뻔하게 굴던, 교사 며느리나 괜찮지 교사 사위 따위가 무슨 돈을 벌어? 하며 남편을 깔아뭉개는 친정과 다투려는 노력 따위 하지도 않았던. 싫은 티를 잔뜩 내는 수창을 이끌고서는 주말마다 친정에 가지 않았던가, 겨우 용돈 받으려고. 그 알량한 돈을 받으면서 남편의 무능력을 만천하에 드러내고, 결국엔 바람까지! 그따위로 살아도 무방하다는 거지, 그 성깔을 너무 오래 참아 주었지. 그래서 수창은 꼭 살아 나가 아내에게 보여야 했다. 너만 바람피우냐? 나도 할 수 있다!

"우리가 왜 죽는 이야길 하죠? 같이 살길을 고민해야 하지 않겠습니까?"

수창의 말에 애진은 당황한 표정을 짓더니 꼬리를 살짝 내렸다. "아니, 저는 교장 선생님께서 먼저 시늉을 하자고 말씀을……."

"과하지 않습니까. 사람들이 다 저 살자고 남을 짓밟아도 우리까지 그러면 됩니까. 애진 씨, 제 말이 틀립니까?"

"교장 선생님. 그런 뜻이 아니었어요."

"우리만은 그렇게 살면 안 됩니다. 우리는 글 쓰는 사람들이에요, 예!"

"제가 실수했어요……. 우리 둘이서 어떻게든 함께 살아 나갈 방도를 찾는 게 옳지요. 제 말은 잊어 주세요, 선생님."

수창은 더 붙일 말이 없어 잠시 가빠진 숨을 골랐다. 이겼다. 자신의 논리로, 그리고 인간성에 대한 호소를 통해 애진을 설득시킨 데 대해 묘한 우월감을 느꼈다. 제까짓 게 소설을 쓰기는, 무슨. 수창은 고개를 내저었다. 애진이 지금껏 자신을 성심성의껏 챙긴 건 맞다. 그러나 수창과는 결이 맞지 않는 사람이다. 여러 면에서.

그 순간, 수창은 무언가 대단한 위화감을 느꼈다. 왜 기쁘지 않지, 분명 애진을 보기 좋게 찍어 눌렀는데? 평생 남과 겨뤄 우위에 서는 데서 큰 기쁨을 누렸다. 학생 위에 군림할 수 있는 교사는 천직이었고, 일찌감치 승진에 몰두해 동년배 중 가장 먼저 교장이 되었다. 40년 가까운 교직 시절 동안 승승장구했다. 그러나 퇴직 후 상황이 급변했다. 아내에게서, 대학원에서 얻어

맞으며 내리막을 걸었다. 애진에게 거둔 승리는 정말이지 오랜 만이었다.

그런데 수창은 하나도 기분이 좋지 않았다.

"둘이 함께 나가려면 어떻게 해야 할까요, 선생님." 애진이 다시 작은 양처럼 순해져서는 말했다. "그걸 알려면 저놈이 무슨 꿍꿍이인지를 먼저 알아야겠지요. 선생님이라면 잘 아실 것 같아요. 수천 명을 가르치셨잖아요. 어떻게 다루어야 할지 선생님은 알고 계시죠?"

그러더니 물었다. "선생님 소설에 그런 이야기가 나오지 않던가요?"

정확히는 소설이 아니라, 두 팔로 머리를 감싸고 소설에 날아드는 돌을 막아 내려 안간힘을 쓰던 시간에 했던 말이다. 아내와의 연애 이야기를 쓴 글에 모두가 한마음으로 혹평을 해댔다. "집도 잘 살고 얼굴도 예쁜 고등학교 여학생이 왜 가난하고 별 볼 일 없는 담임이랑 사귀어요?" 무례한 물음에, 수창은 나름 사실에 입각하여 외쳤다. "상처가, 상처가 있는 겁니다, 그 애에겐! 주인공이 그걸 보듬었고요. 누군가 그런 경험을 했을 수도 있잖아요. 여러분은 경험하지 못했잖아!"

애진은 그때의 일을 끄집어냈다. "저는 큰 상처를 입고 엇나

가려는 아이를 순수한 사랑으로 이끈 주인공이 너무나 인상 깊었어요. 선생님 이야기였다니." 가만히 듣고 있던 수창은 애진의 말이, 자신이 수업 때 말하지 않은 내용이란 사실을 알아차렸다. 녹취한 파일을 몇 번이나 들으며 분노했기에 알 수밖에 없었다. 수창은 애진이 상황을 모면하기 위해 가련하게 머리를 굴리고 있다고 확신했다.

"선생님께서 설득해 보면 어떨까요. 선생님다운 마음으로요. 소설에서처럼 말이에요! 이 일도 좋은 작품이 될 거예요. 그런 감동적인 장면을 만들 수 있는 건, 이미 그런 글을 쓴 선생님뿐이고요……."

수창의 소설에서 여자 주인공은 아빠가 누군지 모르는 아이를 밴 채 옥상에 걸터앉아 울부짖고 있었다─수창의 아내는 임신한 적 없다. 그랬다면 수창은 아내와 결혼하지 않았을 터다─. '마치 두 다리를 좍 벌리고 치부를 온 이성에 남김없이 드러낸 채 결국엔 슬퍼질 또 하나의 티끌을 낳고, 그에 충만할 산모의 야성적인 자태'로. 수창은 자기가 쓴 소설에 과몰입했다. 그리고 수창은, 아니 그러니까 남자 주인공은 '순결하기 그지없는 눈물을 흘리는 말갛고 하얀 얼굴의 여자애에게 손을 내밀었고, 설득했고, 여자애는 갓 부임한 젊은 선생의 눈동자에, 흔들림 없는 그 진중한 모습에 감복하여…….

다시금 애진이 끼어들었다.

"목소리를 들으니 젊은이 같았어요. 제자라고 생각하면 얼마나 가여워요, 선생님. 설득해 보면 어떨까요……."

"어떻게 불러온답니까?" 수창이 퉁명스레 되물었다. "복도로 나가기만 해도 바로 총질을 한다고 하니, 설마 애진 씨가 저에게 죽으러 나가라고 하는 건 아닐 테고요. 설마요."

"두 손을 들고 나가면요?"

"제가 애진 씨에게 똑같이 시키면, 애진 씨는 그렇게 하겠습니까?"

애진은 대답하지 않았다. 수창은 허, 하고 탄식했다. 애진이 자신에게 무엇을 요구한다는 자체가 지독하게 마음에 들지 않았다. 나를 좋아하는 거 아닌가? 그랬으니 동기끼리 밥 한번 먹자며 불러냈겠지. 그러니 지금 빌어먹을 상황에 놓인 건 전적으로 저 여자의 책임이다. 수창은 깨달았다. 그렇다! 온통 애진의 잘못이다.

"그러는 애진 씨는……."

수창은 애진을 설득할 논리의 실마리를 다시 손에 쥐었다고 확신했다.

"애진 씨는 훌륭한 어머니 아닙니까. 어머니라서, 어머니의 마음으로 우리 동기 아가씨들 소설도 칭찬 일색으로 읽어 주신 것 아닙니까. 애진 씨가 없었으면 다들 병들었을 겁니다. 애진 씨의 그, 멘탈 케어 때문에!"

멘탈 케어! 수창이 다시 한번 강조했다.

"그러니까 모성으로. 포용력으로, 우는 아이를 달래듯 나가 보시면 어떻습니까? 애진 씨라면 잘하실 겁니다. 제가 장담하지요."

애진이 수창을 쏘아보았다. 이겼다! 수창은 빙그레 미소 지었다. 이 광경을 아무도 못 본 게 아쉬울 따름이었다. 나중에 누군가의 앞에서 지금의 대화를 복기할 수 있을까? 수창은 나가서 만날 이들을 생각했다. 다들 애진을 모르니 애진에 대한 묘사부터 해야 할 것이다. 어디 보자……, 어떤 문장으로 시작해야…….

눈의 초점을 풀고 딴생각에 빠져 있느라 수창은 애진이 "좋아요"라고 말한 것도, 애진의 손이 테이블 위에 있는 종에 닿는 것도 알아채지 못했다.

테이블 No. 2

첫 총소리가 난 직후 정란은 온 힘을 다해 연주의 어깨를 붙들고는 눈을 크게 떴다. "무슨 소리니?" 정란이 연주에게 속삭였다. "총소리 아니야?" 연주가 되묻는 말에 고개를 끄덕이거나 젓지도 않고, 목을 뻣뻣하게 세운 채로 연주 쪽으로 몸을 숙이며 다시 말했다.

"너, 말이야. 너 그게, 지금, 무슨 소리냐고."

연주는 그제야 정란이 총소리를 물은 게 아님을 깨달았다. 온몸이 덜덜 떨리는 건 총소리가 아니라 정란의 눈빛 때문이었다. 연주가 잘 아는 표정이다. 아주 잘 아는. 지긋지긋하고 두려운 그 표정을, 친구들이 하나둘 사라져 연주가 집과 직장 외에는 따로 나갈 일이 없던 최근에는 잘 보지 못했다. 그런 연주를 정란은 흡족해했으니까.

"결혼한다고."

"너랑 결혼해 줄 남자가 있다는 말을 믿으라고? 거짓말이지. 너는 입만 열면 거짓말이잖아. 항상."

"거짓말 아니야."

"네가 남자 만날 시간이 어디 있었다고? 거짓말 아니면 당장 데려와. 내 눈앞에 데려다 놓으라고."

연주는 차분해지려 애쓰며 대답했다.

"못 해. 외국에 있어. 나도, 센터 그만두고 따라가기로 했어."

"이것 봐. 너 지금 거짓말하고 있어. 너……."

"거짓말 아니라고!"라는 연주의 외침과 동시에 사이렌이 울렸다. 기계음이 잔뜩 섞인 남자의 목소리가 이런저런 말을 지껄여 댔다. 모녀는 입을 반쯤 벌린 채 그 소리를 들었다. 엄마가 이해하고 있을지 확신할 수 없었다. 모든 게 현실이 아닌 듯했다. 무언가 하나라도 삐끗하면 세계가 와르르 무너지며 다시금 엄마에게 감금당하는 말라깽이 여자애로 돌아갈 것 같은 기분이었다. 다시는 탈출할 엄두도 내지 못하고.

"둘 중 하나를 선택하래. 들었어?"

정란은 고개를 끄덕이며 씹어뱉듯 말했다. "얘, 나 바보 아니야. 네가 원하는 것처럼은." 그 말에 연주는 지금껏 몇천, 몇만 번이나 경험한, 가슴이 와르르 무너지며 숨이 제대로 쉬어지지 않고 관자놀이가 지끈거리는 감각에 사로잡혔다. 저 여자는 내가 말하지도, 의도하지도 않은 걸 왜 사실로 생각할까. 나는 들었냐고 물었을 뿐인데…….

"그게 중요한 게 아니야. 당장 데려오라고 했잖아. 내 눈으로 보기 전까지는 못 믿어."

"어떻게 데려와? 우린 핸드폰도 없어. 우리 둘 다 어디에도 연락 못 해, 지금!"

그러다 불현듯 생각났다. 정란에게는 공 핸드폰이 있다.

"엄마. 핸드폰!"

"뭐?"

"공 핸드폰도 경찰에 신고는 할 수 있어. 얼른 전화해. 신고해."

"너, 지금 나를 버리려고 그러는 거지. 버리고 너 혼자 살려고. 결혼? 웃기는 소리 하지 마. 내가 너를 몰라?"

"말 못 들었어? 일단 신고하라니까!"

"신고해서 나가면? 네가 날 안 버려? 거짓말까지 하면서 나 버리려고!"

"아니, 엄마가 나를 알지. 엄마한테 거짓말 못 하는 것도 잘 알잖아. 진짜로 남자가 생겼어, 진짜로."

"너는 아무것도 몰라!" 정란이 크게 외치려 하자 연주는 본능적으로 두 손을 머리 가까이에 댔다. 언제 손바닥이 날아올지 몰랐다. 손바닥이면 다행이지, 정란은 한번 광기에 휩싸이면 가리지 않고 손에 잡히는 대로 휘둘렀다. 연주가 미리 나이프를 없앤 이유도 그것이다. 물론 포크야 남았지만, 그리고 정란은 접시라도 깰 수 있을 거라고 연주는 생각했지만……. 연주는 정란의 두 눈이 빠르게 테이블 위를 훑는 걸 보고는 선수를 쳤다. 번쩍 일어나서 아직 포크를 쥐고 있는 팔을 뻗어 테이블 위에 있는 접시와 식기를 테이블 바깥으로 밀어냈다. 바깥쪽에 앉은 정란이 손을 쓰기도 전에 그것들이 와르르 떨어졌다. 소리에 자극받았는지 괴한은 총을 두 번 더 쏘았다.

목에 닿는 살의 축축한 느낌에 연주는 정란 쪽을 돌아보았다. 정란이 두 손바닥을 가볍게 연주의 목덜미에 대고 있었다.

"어딜 가려고 그래. 엄마랑 평생 함께 살아야지. 엄마는 우리 딸 너무 사랑하는데. 우리 딸 없으면 엄마는 살 수가 없는데. 우리 딸 없으면 엄마는 죽는데. 엄마 버리고 떠나면 그건 우리 딸이 엄마를 죽이는 건데."

익숙한 입술에서 익숙한 말이, 30년 가까이 들은 말들이 또다시 재생되었다. 연주는 억지로 미소 지으며 두 팔로 엄마의 손목을 하나씩 잡았다.

"엄마를 버린다는 게 아니야. 다만 결혼한다는 거야, 엄마. 딸이 결혼하는 게 싫어? 다 하는 거잖아. 결혼하면 엄마랑 더 가까워진대. 나도 그럴 거야. 엄마를 더 잘 이해하게 될 거야. 먼 곳 아니야, 일본이야. 한 시간밖에 안 걸려. 엄마도 쉽게 다닐 수 있어, 아니 아예 살 수도 있지. 맞아. 그러니까 너무 섭섭해하지 마……."

연주는 정란의 팔뚝에 들어간 힘이 서서히 강해지는 걸 느끼면서, 첫 연애가 이루어진 과정을 되짚었다. 정란은 연주의 일정을 전부 꿰고 있었다. 출근하지 않는 날은 정란과 동행하지 않고서는 집에서 나가는 게 불가능했다. 도서관에도 함께, 우체국에도 함께, 편의점에도 함께 가야 했다. 그런 연주가 애인을 만난 건 남자친구를 사귀어 본 적 없었다는 연주를 안쓰럽게 여긴, 그만큼 가십에 목마른, 센터 실장이 회식을 빙자해 주선한 소개팅에서였다. 처음 잔 것도 세미나를 핑계로 전화기를 꺼 둔 모텔에서였다. 역시 실장이 증인이 되어 주었다. 공짜는 아니었다. 실장이 자신의 연애 사업과 성생활에 대해 여기저기 신나게 입방아를 찧으며 소문을 퍼뜨리리란 사실을 알았으나 연주로서는 그만한 가치가 있었다. 그래도 모텔에 들어갈 때는 누가 볼까 두려워 고개를 푹 숙였다. 당연했다. 정란은 나문시 전역에 혈관이 뻗어 나가는 것처럼 여러 지인을 두었으니까.

그런 복잡다단한 과정을 거치면서도 애인은 자신을 차지 않았다. 이유를 물을 용기는 없었다. 그는 하늘이 내린 돌파구나 다름없었다. 외모든 성향이든 연주의 취향이 전혀 아니었지만, 정란보다 나았다. 착하고 순했고, 뭐든 다 연주가 하고 싶은 대로 하게 해 주었다.

게다가 이제 일본으로 발령받아, 정란과의 연을 끊어 줄 테니까……

자신을 손가락질할 사람이 있을 거란 사실을 연주는 알았다. 도망이 뭐 그리 어렵냐고, 나문시 밖으로만 달아나면 되는데 그걸 못 해서 결혼을 택하는 게 한심하다고 쑥덕일 게 분명했다. 연주는 자신이 날 때부터 뜬장에 갇혀 한 번도 밖으로 나오지 못한 개 같다고 생각했다. 문이 열려도 나가지 못하는 개. 단단하고 넓은 바닥을 밟지 못한 개. 그런 개는 누군가 안아 주지 않으면, 혹은 곤봉을 들고 나가라고 후려치지 않으면 뜬장을 벗어날 수 없다.

정란은 자신의 반도 안 되는 연주의 얇은 손목에서 쉽게 손을 뺐다. 정란은 운동선수로 오해받을 만큼 힘이 어마어마하게 셌다. "이게 다 너를 안고 키워서 생긴 힘이야, 알아? 어미들은 다 그런 거야. 너는 못 해, 그런 거. 아무나 하는 건 줄 아니? 너는 비실비실해서 못 해. 엄마가 이렇게 보살펴도 이 모양인데 누굴 낳아서 기르겠어, 네가."

"5분!" 외침과 함께 총소리가 났다. 정란이 반사적으로 어깨를 움츠렸다. 연주는 아까 괴한이 했던 말을 기억해 냈다. 정란도 기억할까.

"들었지, 엄마. 저 사람이 말했잖아. 우리 둘 중 하나만 나갈 수 있으니 고르라고. 그것도 10분 안에. 벌써 절반이 지난 거야."

연주는 두렵지 않았다. 두려운 건 엄마지 괴한이 아니었다. 두 손이 부들부들 떨리는 건 분노 때문이었다. 세상에 대한 원망이 차올랐다. 정말 힘들게 탈출 계획을 세웠는데 이런 식으로 훼방을 놓는단 말인가. 신이 있다면, 이 빌어먹을 신은 내가 죽

114

을 때까지 불행하기를 원하는 걸까? 그럴 수 없다. 연주는 정란이 없는 삶을 살고 싶었다. 한 번도 경험해 보지 못한 자유를 누리고 싶었다. 단 하루라도. 그러니 무조건 혼자 나가야 했다. 그게 '엄마는 죽는다'와 같은 뜻이라는 걸 깨닫고는 입술을 꼭 깨물었다. 여기 동요하지 않는 자신이 놀라웠다. 맹세코 한 번도 안 해 본 생각이었는데, 오랫동안 품어 온 계획인 것처럼 착 들어맞았다.

"네가 무슨 생각을 하는지 눈에 훤히 다 보여. 나는 네 엄마니까. 엄마들은 말 안 해도 다 알아. 내 배 아파 낳은 새끼 머릿속은 다 안다고. 그러니 네 맘대로는 절대 안 돼. 살든 죽든 무조건 같이해야지. 네가 나 없이 혼자서 뭘 어떻게 하려고. 하루라도 제대로 살 수 있을 거 같아, 네가? 아무것도 못 하는 어린애가?"

"내가 왜 아무것도 못 해. 직업도 있고 결혼도 할 건데. 내 머릿속을 안다고? 내가 남자 사귀고 결혼 준비하는 것도 몰랐으면서. 내가……." 거기까지 말하고 연주는 두 주먹을 꼭 말아 쥐었다. "엄마 코앞에서 그 남자랑 얼마나 많이 잔 줄도 몰랐으면서!"

연주의 눈앞이 번쩍했다. 정신 차릴 틈도 없이 주먹이 다시 날아왔다. 이번에는 코가 욱신거리더니 피가 흘러내렸다. 그렇지, 연주는 생각했다. 뺨은 때리지 않지. 그건 너무 약하니까.
뻔하니까.

"둘 다 죽자." 정란이 피 묻은 주먹을 냅킨에 문질러 닦으며
냉정하게 속삭였다. "한 사람만 살 바엔 둘 다 죽자. 네가 나를
배신하면 인간도 아니지. 나 없으면 살지도 못했을 애가. 딸이
어떻게 엄마한테 그럴 수 있어. 살 가치도 없어."

"내가 언제 배신할 거라고 했어. 살겠다고 그런 거잖아, 살겠
다고. 혼자 살겠다고 한 적은 없어. 내가 언제 그렇게 말했어?"
연주는 제 손보다 두 배는 큰 정란의 주먹을 손으로 감싸며 설
득했다. "같이 살자고 한 거야. 엄마랑 나랑 같이 나가자고, 어
떻게든 탈출하자고."

"너는 나 없이 못 살아. 알아들어?"

'너'와 '나'가 바뀌어야 하지 않나, 연주는 생각했다. 당신은
나 없이 못 살지. 비대한 소유욕과 지배욕을 타고난 사람, 역사
책에서 읽은 적 있는 미치광이 독재자들처럼 태어난 사람, 그러
나 갈망을 채워 줄 대상을 포섭하지 못해 모든 욕망을 가족애로
치환하는 사람, 정란이 그런 사람이었다.

연주는 정란의 손을 꼭 잡은 채로 통로를 바라보면서 물었다.
"엄마는 들었지? 저 사람이 아까 뭐라고 하는지. 나는 제대로
못 들었어. 뭐라고 했어?"

116

"넌 나 없으면 못 산다니까. 너 대체 뭘 들었니?"

한평생 자신을 지배해 온 엄마는 이 상황을 모면할 방법을 모른다. 연주는 그렇게 결론 내렸다. 자신이 살 방법은 스스로 찾아야 했다.

"엄마. 설득할 방법은 없을까? 우리는 같이 살아야 한다고. 불쌍한 우리 모녀는 여기서 이렇게 죽을 수는 없다고……. 응?"

연주에 대해 모든 걸 안다고 자부하는 정란이라면 억양의 지나친 부자연스러움을 알아챘어야 했다. 그러나 제멋대로 해석하려는 정란의 편협함이 오히려 이해를 막았다.

"설득? 저렇게 총을 빵빵 쏴 대는데. 내 목소리나 들리겠어? 엄만 무서워, 너무."

연주는 침을 꿀꺽 삼켰다. 할 수 있다, 할 수 있다, 나는 복수할 수 있다. 내가 엄마를 죽이는 게 아니다.

"두 손 다 들고 통로로 같이 나가자, 엄마. 그리고 설득하자. 무서우면 바닥에 붙어서 기어가면 되지. 나랑 같이 나가는 거야. 살아도 죽어도 같이해야지, 우리는. 해보자! 나도 엄마 없이는 못 살아."

"정말 나랑 있을 거야?"

"응 엄마, 나 엄마랑 절대 안 떨어져. 내가 잘못 생각했었어. 엄마 옆에만 있을게."

그렇게 말하면서도 연주의 머릿속은 어떻게 하면 정란이 복도로 몸을 던지게 만들지를 궁리했다. 연주는 무엇도 협상해 본적이 없었다. 연주의 평생은 오롯이 협박에서 기인했으니까. 그러니 이런 상황에서도 할 수 있는 말은 그런 종류밖에 없었다.

"나 살려 줘. 엄마밖에는 할 수 있는 사람이 없어. 나도 할게. 우리 같이 해보자. 같이 살려 달라고……. 엄마, 나랑 같이 살고 싶은 거 아니야!"

"신고하면 되잖아?"

정란이 공 핸드폰을 만지작거리며 말했다. 연주는 빠르게 머리를 굴렸다. 그렇지!

"이런 얘기 잘못 퍼지면, 우리 집값은?"

연주는 정란의 등을 바라보았다. 덩치가 크니 금방 발각되겠지, 금방 저격당하겠지. 만에 하나…… 일이 틀어지면 엄마는 자신을 죽이려 들 거다. 연주는 정란의 너른 등을 앞으로 밀면서 생각했다. 복수도 아니고 패륜은 더욱 아니라고. 나는 복도로 나가면 무슨 일이 생길지 못 들었으니까. 아무도 욕하지 않을 거라고. 조금만 미적거리자고, 조금만.

복도에 나간 정란에게 총부리가 겨누어질 때까지만 어떻게든 변명거리를 만들어 버티면, 그러면 평생에 걸쳐 소망했던 새로운 삶을 만날 수 있다. 장례식장에서는 아주 많이 울 것이고, 엄마의 마지막을 최선을 다해 배웅할 것이다. 진심이었다.

정란은 복도 위로 두 발을 디뎠다. 러그가 깔린 테이블 바닥과 달리 복도는 타일로 되어 있었다. 몸을 오그리거나 바닥을 기지 않는 게 대단하다 싶어 연주는 잠시 감탄했다. 죽음보다 딸과 헤어지는 게 더 두렵단 말인가? 허리를 쭉 편 정란이 좌우를 한 번씩 살펴보더니 몇 발자국을 내디뎠다. 정란이 신은 샌들 굽이 타일과 부딪히는 소리가 꽤 컸다.

연주의 기대와 달리 총소리는 나지 않았다.

"나와."

정란이 연주에게 손짓했다. 연주는 본능적으로 벽을 향해 물러섰다. 정란의 눈이 연주를 노려보고 있었다. 연주가 너무나 잘 아는 표정이다. 연주가 조금이라도 자신의 말을 거역하려 들 때 짓는 얼굴.

모녀는 잠시 대치했다. 기대와 달리 총소리가 나지 않아 초조해진 연주는 입술을 깨물었다. 으름장을 놓지 않았던가, 테이블 위의 집기가 바닥으로 떨어졌을 때도 실컷 총을 쐈으면서. 지금은 왜 아무 일도 일어나지 않는 건가?

복도가 일자 구조가 아니라서, 군데군데 코너가 있어서, 복도 상황이 한눈에 들어오지 않아서일 수도 있다. 연주는 그렇게 결론 내렸다. 테이블을 안내받을 때 사장의 뒤를 따라 경로를 한

번 꺾은 기억이 났다. 괴한은 출구 쪽에 있을 확률이 높을 테고, 그렇다면 정란의 모습을 보지 못한다.

"엄마, 난 살고 싶어." 손을 든 그대로 딱딱하게 굳은 정란을 향해 말했다. "난 아직 인생의 반도 못 살았는데 백 번은 더 산 것처럼 피곤해. 누구 때문일까?"

"헛소리하지 말고 나와. 당장!"

정란의 목소리에 연주는 두 팔을 머리 위로 올리고 몸을 웅크린 채 눈을 감았다. 오랜 물리적 세뇌로 인한 본능적 행위였다. 그러면서 정란이 테이블 안으로 들어오지 못하도록 연신 발을 차기 시작했다.

테이블 No. 3

얼토당토않은 괴한의 말이 끝날 때까지 상아는 자리에 그대로 서 있었다. 유진은 표정 하나 변하지 않은 채 상아를 쏘아보았다. 상아는 속이 울렁거렸다. 긴장해서인지 아니면 태동 때문인지 알 수 없었다.

쟤는 어째서 저토록 태연할까? 이런 상황에 익숙하기 때문일지도 모른다고 상아는 생각했다. 네 인생은 시궁창이었겠지, 내내. 나는 아니야. 자신은 유진이 경험했을 무섭고 지저분한 상황을 하나도 알지 못하고, 또 거기 놓일 이유도 없다고 스스로를 다독였다.

갑자기 딸이 보고 싶었다. 옷을 차려입고 나오면서 굳게 잠긴 아이의 방문을 두드리며 미운 소리를 해댔던 것이 왜 지금 떠오를까. 왜 이렇게 후회스러울까. 네가 싼 똥 엄마가 무릎 꿇고 치우러 간다고, 엄마 때문에 산 줄 알라고, 동네 창피해 죽겠다고 고래고래 고함을 쳐댄 것이. 엄마는 네 말을 다 믿는다고, 사랑한다고 말해 줄걸, 다른 가해자의 엄마들이 한다던 대로. 사실 상아는 딸이 누군가를 괴롭혔다는 사실보다 다른 애들 뒤치다꺼리를 했다는 데 더 분노했다. 지금 깨달았다.

상아는 재빨리 머리를 굴렸다. 누가 나가야 할까. 인륜적으로도 아이를 가진 자신이다. 더군다나 유진은 무고한 남을 괴롭힌 과거가 넘치고 넘쳤다. 지금이라도 업보를 받아야 한다. 권선징악, 그게 세상의 올바른 작동방식 아니던가?

물론 유진은 호락호락하지 않을 게 분명했다. 옷을 바꿔 입자느니 운운하는 협박까지 하면서 자신이 아직도 우위에 있는 듯군다. 딴에 진품은 알아본다 이거지, 역시 인성은 변하지 않아, 하고 상아는 속으로 중얼거렸다.

자신이 죽으면 어떤 일이 벌어질까 상상했다. 뱃속의 아이까지 두 명이 죽는다. 큰 잘못도 하지 않은 자신을 위해 엄마가 변을 당했으니 착한 딸은 평생 죄책감에 시달릴 것이다. 아이의 친구들과 부모들도. 남편은 어떤가? 회사에서 커다란 프로젝트를 지휘 중인 그의 일상이 전부 어그러질 것이다. 프로젝트가 주저앉으면 남편만 난감해지는 게 아니다. 부하직원들은? 또 그 가족들은?

반대로, 유진이 죽는다면? 그러나 생각의 가지를 더 뻗기 전에 유진이 상아의 소매를 잡아당기며 말했다.

"앉아라. 야, 몸 안 무거워?"

그 말에 상아는 자리에 천천히 주저앉았다. 유진이 씩 웃더니, 입술을 모아 휘파람을 불었다. 이 상황에? 상아는 눈을 둥그렇게 뜬 채 유진을 바라보았다.

"들었어?"

"뭘?"

"총소리. 남자 목소리……. 둘 중 한 명만 내보낸다고."

상아의 말에 유진이 별거 아니라는 듯 어깨를 으쓱했다. "들었지. 근데 나랑 옷 안 바꿀 거냐니까? 오늘 나한테 빌러 온 거 잖아. 이래서야, 내가 봐주고 싶겠어?"

"지금 그게 중요한 게 아니잖아. 우리 중 하나가 총 맞아 죽게 생겼는데……."

"난 살 거니까."

망설임 없이 튀어나온 말에 순간 멍해진 상아의 어깨를 유진이 두드렸다.

"쫄았냐? 내가 죽고 너는 살 줄 알았어?"

상아는 유진의 놀랍도록 태연한 태도를 이상하다고밖에 여길 수 없었다. 제아무리 산전수전 다 겪었다 해도, 그럴 상황인가? 대한민국 한복판에서 총기 난사가 벌어지고 있는데? 상아의 상식으로는 있을 수 없는 일이었다. 센 척하는 걸까? 중학생 때처럼? 지금은 아무리 봐도 자신에게 훨씬 더 권한이 많았다. 지위, 인맥, 돈. 게다가 총소리가 나기 전만 해도 유진의 태도는 지금처럼 능글맞지 않았다. 아까 유진은 분노하고 있었다. 긴장과 흥분에 휩싸여 있었다. 그런데 지금은 보란 듯 상아를 깔아뭉개는 중이다. 예전에 그랬듯이.

유진이 괴한과 아는 사이라서 저렇게 당당할 수도 있다는 데 상아의 생각이 미쳤다. 예전에 유진과 어울리던 이들 중 몇은 여전히 양아치 짓을 한다고 들었다. 물론 상아가 사는 서현지구에서는 불가능하고, 구시가지에서. 그러나 꼭지가 돈 구시가지의 불량배 하나가 여기 와서 행패 부릴 가능성은 충분히 있었다. 왕년의 불량배가 무려 총을 구할 수 있는 여건이 되냐 하는 문제는 논외로 치더라도…….

상아는 입을 뗐다. 얕보이기 싫었는데, 절대 그러고 싶지 않았는데 목소리가 덜덜 떨렸다. 헛기침해도 소용이 없었다.

"혹시나 해서 묻는 건데. 저 사람, 아는 사람이야? 그래서 이렇게 태연한 거야? 나를 협박하려고 아는 사람을 데려온 거야, 그런 거니?"

"미치겠네." 유진이 고개를 젖히며 시끄럽게 웃고는 곧 얼굴을 굳히고 상아를 노려보며 중얼거렸다. "야, 지금 뭐라는 거야? 너 지금 또 내가 잘못했다고 몰아가려는 거지. 역시나, 사과하고 싶다는 건 개소리지. 개새끼들은 너랑 네 딸년이야, 내가 아니라. 뭐? 내가 협박해? 씨발……." 유진은 다시 한참을 억지스럽게 낄낄거렸다. "그래, 사모님들께서 눈먼 학부모 하나 때문에 고통받는다고 징징대면 있던 일도 없는 게 되겠지. 내 새끼가 네 인간 말종 딸년 때문에 죽고 싶다는데 걔 얘긴 안 중요하겠지!"

"인간 말종? 어떻게 내 딸에게 그런 말을 해, 너 따위가?" 상아는 테이블에 놓인 나이프 자루를 손에 쥐었다. 신들린 것처럼 입에서 저절로 온갖 말이 터져 나왔다. "너 옛날에 애들 엄청 괴롭혔잖아! 때리고 삥 뜯고 담배로 지지고 얼굴에 침 뱉고 욕하고! 걸레처럼 양아치들 이리저리 바꿔 가며 몸 굴리고! 요즘 같았으면 인터넷에 신상 다 까발려졌어. 지금 시궁창같이 사는 게

네 업보지." 한번 터진 입은 멈출 줄 몰랐다. "내 딸이 인간 말 종? 너는 악마였어, 씨발년아, 악마였다고! 왜 합의 안 해? 네 딸이 너 대신 벌 받아야지. 왜 죄 없는 척해? 그렇게 버티면 뭐 라도 생길 줄 알고? 몇 푼이라도 받고 싶어서 그런 거 알아. 그 러니까 네가 이렇게 구질구질하게 사는 거야, 벌을 받아서! 나 는 네 딸내미가 아주 불쌍해 죽겠어, 엄마 잘못 만나서."

"내 책임이라고?"

나이프를 공중에 마구 휘두르며 고함치는 상아 앞에 툭, 던지 듯 유진이 한마디했다. 상아는 바로 대답했다. 아무 주저 없이.

"네 책임이지. 너만 아니었으면 이런 일 없었어. 네가 애를 낳 지만 않았으면."

그렇게 말하고 나니 유진의 방해로 멈춘 물음이 다시 떠올랐 다. 유진이 사라지면 어떤 일이 생길까?

답은 바로 나왔다. 더 나은 방향으로의 진전.

지금 상아를 괴롭히는 문제가 없던 일이 될 수 있다. 겨우 10대 초반의 피해자 하나야 충분히 소거할 수 있는 문제니까.

거머리 같은, 자신이 저지른 잘못들 때문에 무고한 딸이 괴로 위한다는 자각조차 없이 어떻게든 따지고 죽자 사자 덤벼드는, 그러나 바람직하지 않고 엄마 같지도 않은 엄마가 사라진다면 모두가 행복해진다. 유진의 아이마저 그럴 것이다.

내가 대신 보살피지, 뭐. 상아는 생각했다. 그 애는 제대로 된 학원 하나 못 다니고, 유행에 뒤떨어진 가방을 메고 다닌다고 했다. 그런 것들은 얼마든지 바꿔 줄 수 있다. 아이에게 해 줄 말도 화수분처럼 떠올랐다. 아줌마가 너 잘되라고……. 네 생각만 하면 자꾸 눈물이 나서……. 너무 힘들었겠구나 싶어서 마음이 아파.

아줌마가 엄마보다 낫지, 물으면 아이는 감읍하겠지. 아이도 자신이 왜 괴롭힘을 당했는지 알 것이다. 그게 다 나쁜 엄마를 만나서……. 가여워라. 상아는 일순간 고양되었다. 그렇게만 된다면 모두가 행복할 터다.

한껏 상상의 나래를 펼치는 상아를 유진은 기가 막힌다는 표정으로 바라만 보고 있었다. 상아는 나이프 자루를 놓지 않았다. 유진이 아이의 행복을 위해 희생하겠다는 숭고한 결정을 할리 만무하니 상아가 할 수 있는 건 하나뿐이었다. 어떻게든 유진을 위협해서 복도로 밀어내는 것. 모든 일이 끝나면 여러 구의 시체가 놓일 테니 누가 언제 죽었는지는 그다지 중요하지 않을 거다. 아무도 상아가 유진을 밀었음을 모를 게 분명했다.

문제는 자리였다. 내가 안쪽에 앉았더라면 편했을 텐데. 상아는 안쪽을 선점하지 못한 걸 후회하다 어차피 변할 건 없었다고 마음을 고쳐먹었다. 안쪽에 먼저 들어간 건 유진이었다. 자신이 상급자라도 되는 양, 상아를 쥐고 흔들었던 때처럼. 임산부에 대한 배려도 없는 막돼먹은 인성의 소유자였다. 상아는 자신이 유진에게 안쪽 자리를 권했다는 사실은 까맣게 잊고 있었다. 눈치 보면서 몸을 한껏 낮추었던 자세도, 전부 사라졌다.

"그거 계속 들고 있을 거야?" 유진의 물음에 상아는 깜짝 놀랐다. 정신을 차리고 보니 유진 근처에도 유진 몫의 나이프가 있었다. 상아는 나이프를 들지 않은 손으로 덥석 유진의 나이프를 잡았다. 손의 방향을 신경 쓸 새가 없어서, 자루가 아니라 날을 말아 쥐었다. 손바닥이 살짝 따끔거렸지만 그보다는 칼날에 묻은 소스와 고기 기름의 감촉이 불쾌했다. 끈적끈적하고 미끄러웠다. 당장 가방 안에 있는 물티슈와 손 세정제를 꺼내 박박 문대고 싶었다. 그러고 보니, 가방. 가방을 먼저 챙겼어야 했는데. 상아의 가방은 아직 테이블 아래에 있다. 평소처럼 작은 핸드백을 가져왔다면 무릎에 올려 두었을 테지만 오늘은 혹시 모를 상황에 대비하여 챙길 게 많았다. 학부모들의 사과편지, 아이들의 심리검사 결과, 급히 산 녹음기 등. 바닥에 내려놓는커녕 밖에 들고나온 적도 몇 번 없는 비싼 가방이었다. 짐이 많다는 건 핑계였고 유진에게 과시하고 싶은 마음에 택한 게 못내 후회되었다. 유진이 테이블 밑에서 몰래 발로 몇 번 찼을지도 모른다. 어쨌거나 가방을 들려면 더러워진 손을 써야 했다.

"야. 칼?" 유진이 푹, 소리 내며 비웃었다. "너, 내가 무섭니?"

"……무섭지. 옛날 너 생각하면."

"씨발, 너 진짜 웃긴다. 어떻게든 끼고 싶어서 졸라게 얼쩡거렸으면서. 너도 하고 싶었던 거잖아? 우리가 안 시켜 줘서 못한 거잖아. 능력이 딸려서. 네 딸이 너를 똑같이 닮았더만. 친구들 똥구멍을 쪽쪽 빨면서."

"우리 아린이, 그런 애 아니야."

얼씨구! 유진이 웅덩이에 돌을 던지듯 크게 폭소하더니 물었다. "너, 내 비위 맞춰야 하는 건 까먹었어? 이러고 돌아가면 내가 더 미쳐 날뛸 텐데, 다른 엄마들이 차암 잘했다고 칭찬하겠다, 그치? 교장이 어머니 정말 잘하셨어요, 호미로 막을 걸 가래로도 못 막게 생겼네요. 정말 훌륭하세요, 하고 박수라도 쳐주겠다. 그치?"

그러면서 상아 쪽으로 몸을 크게 기울였다. 상아는 나이프 쥔 팔을 뻗으며 뒤로 한 뼘 물러섰다. 발에 통증이 느껴져 내려다봤더니, 유진의 발이 상아의 발 위에 올라가 있었다. 유진의 발에 천천히 힘이 실렸다.

"넌 내가 바보라고 생각하지. 돈 없다고 무시하지. 나 말이야, 공부는 안 했어도 머리는 안 나빠. 적어도 너보다는. 다른 엄마들 만나서, 다 없던 일로 만들 테니 네 애를 주동자로 만들자고 하면, 엄마들이 뭐라고 할까? 너를 지켜 줄까? 퍽이나 그러겠다. 네 남편도 처지던데? 엄마들이 네 남편 눈치 볼 일도 없고."

상아는 자신이 유진을 얕봤다는 사실을 깨달을 수밖에 없었다. 단둘이 만나서는 안 됐다는 생각이 이제야 들었다.

그러니 더욱, 유진을 내보내서는 안 된다. 동요해서도 안 된다. 이 상황을 행운이라고 받아들인 후 전력을 다해야 했다. 이게 정의다. 상아는 곱씹었다. 유진이 살아 나가면 죄 없는 내 딸은 가해자가 되고 진짜 가해자들은 모두 미꾸라지처럼 빠져나갈 게 분명하다. 이거야말로 진정한 범죄가 아닌가!

상아는 마음을 다잡았다. 더는 주저하지 않을 것이다. 자신의 아이만 위하는 이기주의가 아니라 진실을 위해서였다. 상아는 아직도 거꾸로 잡고 있던 한쪽 나이프를 천천히 고쳐 쥐었다. 사람을 찌르거나 벤 적은 당연히 없지만 고기는 수없이 만졌다. 딸의 이유식을 전부 만들어 먹이면서 매일 얼마나 많은 살점을 다졌던가. 그때의 기억을 불러내는 건 어렵지 않으리라.

유진은 더는 입을 열지 않았다. 상아에게는 다행이었다. 대화를 나눌수록 유진의 무시무시한 자신감에, 과거를 기억하는 이의 능수능란한 언어에 질식할까 두려웠다. 상아는 자신에게 잔뜩 관대해져서는 빙긋 웃고 있는 유진의 얼굴, 어린 시절보다 훨씬 비대해진 볼에 짧지만 분명한 붉은색 선을 그었다. 칼이 예리한 편이라 많이 어렵지는 않았다. 고기에 넣는 칼집은 엑스자로 교차되는 게 보기 좋다고 생각해서, 손목을 틀어 한 번 더 상처를 냈다.

상아도 요즘 딸이 뭔가 석연치 않다는 걸 알고 있었다. 친구들과 벌집삼겹살을 먹으러 가겠다는 아이를 회유하여 집에서 국산 삼겹살을 구웠을 때였나. 마음을 풀어 주기 위해 직접 벌집무늬를 내고 좋은 양념을 바른 후에 오븐에 구웠다. 쌈부터 가니쉬까지 곁들일 것을 잔뜩 준비했다. 그때 아이가 뭐라고 했더라?

정확한 기억은 잊었다. 의도적으로.

더없이 마음을 아프게 하는 말들이라는 것은 망각할 수 없었다. 그래서 상아는 또 한 번 칼집을, 이번에는 유진의 손바닥에 냈다―의도는 아니고, 유진이 얼굴을 가렸기 때문이다―. 반년 전만 해도 엄마의 음식을 얼마나 좋아했었는데. 매일 사랑한다고 볼에 입을 맞춰 주었는데. 다시 다정다감하고 사랑스러웠던 아이로 돌아올 수 있다. 상아가 조금만 더 노력한다면.

사회에 하등 도움 안 되는 양아치 하나 없어지면 좋지 않은가? 괴한의 말대로 절반은 죽어 나간다면 그들 중 하나의 몸에 사소한 칼집 몇 개가 있다 해도 문제되지 않을 것 같았다. 이게 맞지. 상아는 자신에게 달려들어 칼을 뺏으려 드는 유진을 보기 싫어 두 팔 사이에 얼굴을 숨긴 채 칼을 마구 휘둘러댔다. 20년 전에 매일 듣던 욕설들이 유진의 입에서 나와 마구 주위를 굴러 다녔다.

한때는 몹시 동경했던 유진이 자신을 향해 돌진할 때, 상아는 팔꿈치를 허리춤으로 내린 후 체중을 실어 유진을 껴안았다. 그러고는 배를 움켜진 유진이 다시 벽에 기대게끔 자세를 잡아 준 후, 발치의 가방을 집어 들고 혀를 찼다. 상아가 들고 온 흰 가방에 발자국이 가득했다.

테이블 No. 4

성미와 민경은 누가 먼저랄 것도 없이, 우스꽝스러운 호러 영화의 등장인물처럼 마주 본 채 입을 쩍 벌리고는 비명을 질렀다. 테이블 밑으로 먼저 기어들어 간 건 민경이었다. 곧 성미가 그 옆을 비집고 들어갔다. 바깥쪽 자리에 앉아 있던 민경이 테이블 아래에서는 안쪽을 차지하는 바람에 성미는 자연히 복도에 면하게 되었다. 둘은 그렇게 화변기에 앉는 자세로 웅크렸다.

자세 때문인지 부풀어 올라 있던 성미의 아랫배가 꾸룩거렸다. 가스가 장에서 항문으로 이동하는 게 고스란히 느껴졌다.

워크숍 탓이었다. 만성 변비인 성미는 한 시간 동안 장 마사지를 안 하면 변을 보지 못했다. 회사에서 요상한 자세로 장을 누를 수 없으니, 토요일에 온종일 집에 틀어박혀 월요일부터 금요일까지 보지 못한 변을 몇 번이고 와르르 쏟는 게 일상이었다. 주말에 장을 비우고 나면 또 지옥 같은 닷새가 기다리고 있었다. 점심시간에 사장이 중국집이나 순댓국 말고, 기름지지 않은 메뉴를 택하길 기도하는 수밖에 없었다. 가령 샐러드나 새싹 비빔밥이나…….

하필 지금은, 일주일간의 식사와 워크숍에서 먹은 삼겹살에 독한 술까지 그득그득 쌓인 토요일 오후다. 성미는 억울했다. 사람들 전부 땀도 흘리고 방귀도 뀌고 똥도 쌀 텐데 어째서 자신만 이렇게 힘든 건지. 다들 괜찮은 건가? 그래서 사무실에서 수시로 에어컨을 끄고 삼복더위에 돼지 내장을 끓인 국밥을 먹고, 게다가 소중한 주말을 워크숍에서 고기 굽는 일 따위로 흘려보내는 걸까.

민경에게 모질지 못했던 것도 그런 이유에서였다. 땀 냄새나 방귀 소리가 지독하다는 말을 들을까 봐 아주 어린 시절부터 성미는 매일 눈치를 보고 살았다. 그 습관이 몸에 밴 것일지도 모른다.

성미가 민경을 돌아보았다. 사시나무처럼 떨던 민경은 성미를 보고 겁먹은 토끼 얼굴을 했다. "주임님. 어떡해요?" 그러면서 성미의 팔을 단단히 잡았다. 자신이 밥을 먹자고 하지 않았으면 이런 일에 휘말리지 않았을 거라는 사실은 안중에 없는 듯했다. 성미의 가슴팍까지 밀고 들어온 민경의 정수리에서는 아무런 냄새가 나지 않았다. 어떻게 그럴 수 있지? 만 하루나 머리를 감지 않았는데. 화가 불쑥 치솟아 올랐다. 민경은 아무것도 모른다. 오늘 성미가 얼마나 힘들었는지, 얼마나 몸이 괴로울지는 모르고 자기 하고 싶은 대로 군다. 배려 따윈 없다, 언제나처럼. 사장이나 전무 말대로 성미가 민경을 너무 오냐오냐했는지도 모른다.

"주임님. 들었어? 우리 둘 중 하나밖에 못 나간대요." 민경이 우는 소리를 냈다. "한 명은 죽일 건가 봐요. 우리 어떡해요, 주임님?"

그건 둘째 치고, 당장 다리가 저리기 시작했다. 괄약근은 1초도 참을 수 없을 지경으로 벌름거렸고, 위장은 다시금 내용물을 뿜으려 요동치는 중이었다. 셀 수 없이 많은 수의 땀줄기가 콧등과 목덜미와 가슴팍에서 흘러내리는 게 느껴졌다. 더워서도 무서워서도 아니었다. 음식물을 게울 때 반사적으로 흐르는 식은땀이었다. 성미는 민경에게서 최대한 떨어지려 고개를 돌렸다. 복도로 몸을 굴릴 수는 없으니 거북이처럼 목만 쑥 빼놓았다. 그다음 입을 벌렸다. 얼마 먹지도 않은 음식이 마구 쏟아졌다. 목구멍에서는 용트림 소리가 올라왔다. 조금 잦아드나 싶더니 곧 두 번째 구토가 찾아왔다. 이번에는 기세가 훨씬 세서, 꼭 대포가 된 기분이었다. 한참을 토한 후 성미는 줄줄 눈물이 흐르는 눈을 껌벅이며 복도 쪽을 바라보았다. 자신의 토사물로 바닥이 흥건했다. 그 와중에도 성미는 생각했다. 오늘 먹은 음식은 대장에 쌓이진 못할 테니 그건 참으로 불행 중 다행이라고.

민경의 손이 성미의 등을 두드렸다. 성미는 비참해졌다. 그 손길 때문이었다. 차라리 더럽다고 기함하며 멀리 떨어졌다면 나았을 텐데.

상대에게 호감이 있었다면 달랐을 것이다. 성미는 민경을 싫어하기로 어느 순간 결심했으나 동시에 나쁜 사람이 되고 싶지는 않았다. 민경에게 모진 말을 하고 싶지 않았기에, 민경이 자신에게 치명적인 잘못을 하는 순간만을 애타게 바라 왔다. 지금 같은 상황에서 등을 두드리는 식이면 곤란했다.

아니다! 성미는 총소리에 이어진 일련의 상황으로 잠시 잊고 있던 직전 일을 떠올렸다. 민경은 성미에게 거친 터치를 일삼았다. 심지어는 상사인 민경을 '챙겨 주고 있다'며 말도 안 되는 주장을 했다. 충분히 기분 나쁠 일이다. 그 이야길 다시 꺼내야 했다. 미친놈이 총을 갈기고 있지만. 아니, 미친놈이 총을 갈기고 있으니 더더욱. 지금껏 성미가 파악한 민경이라면 어떻게든 둘이서 같이 살 방법을 모색하자고 할 것이었다. 그러고는 협상의 여지를 주지 않고 들러붙을 게 분명했다. 혹시라도 민경 덕에 함께 살아 밖에 나간다면, 평생 죽고 못 사는 사이가 되어야겠지! 상상만 해도 끔찍했다.

성미는 몸을 다시 민경 쪽으로 돌리며 민경의 팔을 쳐냈다. 예상했던 만큼 극적인 움직임이 되진 못했다. 윗배는 헐거워졌으나 아랫배가 여전히 불편했기 때문이다. 이제 다리에는 감각이 없었다.

"……그 말 뭐야."

"뭐요?"

"총소리 나기 전에 그랬잖아. 날 챙겨 줬다고."

민경이 눈을 휘둥그레 뜨며 물었다.

"그게 지금 중요해요? 다 죽게 생겼는데 주임님. 진짜 예전부터 생각했지만 진짜…… 진짜 가끔 보면 너무 순진하고 분위기 파악 못 해. 멍청해. 지금 그걸 물어보냐고. 살아서 나갈 생각은 못 할망정, 어떻게!"

"내가 멍청하다고?"

"몰라요? 사람들이 뒤에서 뭐라고 까고 다니는지?" 민경은 성미가 지금까지 본 모습 중 가장 빠르게 이야기하고 있었다.

성미의 얼굴로 침이 튀었다. 순간, 민경은 상대가 즐거워하고 있다고 느꼈다. 마침내 비밀을 털어놓을 수 있어서. 하고 싶은 말들을 다 뱉어 낼 수 있어서.

"주임님이 자리 비울 때마다 개새끼들이 얼마나 깔아뭉개는지 알긴 해요? 제가 그 씨발연놈들을 씨발연놈이라고 부르는 이유가 있지 않겠냐고요! 걔넨 인간도 아니에요! 머리에서 시궁창 냄새난다고, 화장실 쓰고 나오면 고린내가 난다고, 배 나오고 뚱뚱하다고, 저 몸으로 유니폼 팔러 다니면 업체들이 솔깃하겠느냐고 주임님을 욕한다고요. 싼값에 부리는 거지 같이 있기도 끔찍하다고들 한다니까? 나한테도 뒷담화를 강요하는 게 싫어서 내가 선배 챙긴 거야. 알긴 알아?"

성미는 알고 있었다. 사장을 포함하여 상사들이 자신에게 살 좀 빼라, 목욕은 한 거냐, 화장실 수도세 내라 등의 말을 한 건 오래되었다. 입사 때부터 그랬다. 민경의 말대로 뒤에서만 수군댄 것도 아니었다. 민경이 오기 전까지는 눈앞에서 핀잔을 주었다. 민경이 입사하고부터는 그러지 않았다. 부하직원 앞에서 대놓고 기를 꺾을 수는 없지 않느냐는 논리였다. 성미는 그 배려에 '감사했다'.

반면 민경이야말로 남 험담에 특화된 이가 아니었는가? 성미가 민경을 피한 가장 큰 이유도 그 때문이었다. 육두문자가 숨

쉬듯 나오는 입과 자신의 말에 동조를 갈구하는 표정. 민경과 틀어지기라도 하면 다음 제물은 내가 되겠지, 하는 두려움. 민경은 자신이 그들보다 더 저질이라는 걸 인지하지도 못하는 것 같았다.

무엇보다, 멸시받은 이는 민경이고 챙긴 이는 성미다. 지금이 얼마나 위급한 상황이든 간에 이것만큼은 확실히 해야겠다고 성미는 결심했다. 화가 치밀어 올랐기 때문이었다. 봐주는 데도 한계가 있지, 저렇게 자기판단을 못 하면 다른 회사에 가서도 똑같은 일을 벌일 게 분명했다. 민경을 위해서도 이제는 정확히 해야겠다고 결심하며 성미는 입을 열었다.

그러나, 아무 말도 떠오르지 않았다. 민경이 얼마나 자기 입맛대로 모든 상황을 인식하고 있으며, 그게 얼마나 엉망진창인지 '좋은 사람'으로서의 자신을 포기하지 않고 설명하는 게 성미로서는 불가능했다. 부드럽게 말하면 알아듣지 못하고 계속 헛소리를 해댈 것이다. 그렇다고 사장처럼, 전무처럼, 다른 직원처럼 자존심을 완전히 깔아뭉개자니…….

이번에도 성미의 몸뚱이는 언제나처럼 주인 편이 아니었다. 말도 하기 전에 다시 불쑥, 딸꾹질과 트림이 동시에 올라왔다. 아직도 토할 게 남은 모양이었다. 성미의 표정을 본 민경이 제 배낭을 끌어 열고는 뒤지기 시작했다. 정신없이 손으로 헤집어

꺼내 든 것은 검은 비닐봉지였다.

"선배. 토할 거면 여기다 해."

민경이 비닐봉지를 펼쳐 손으로 입구를 넓히더니 성미의 입에 우악스럽게 가져다 댔다. 어차피 둘 중 하나는 죽을 텐데 토사물을 정성스레 밀봉할 필요가 있나, 한차례 복도에 흩뿌린 후인데? 성미는 손을 내저었으나 민경의 힘이 더 셌다. 결국 성미는 비닐봉지에 얼굴을 묻고 다시 한번 토했다. 아까 저지른 짓은 안중에도 없는 듯 무심한 위장은 또 가공할 만한 양을 분출해 냈다. 기세가 잠시 주춤했을 때 성미가 봉지를 빼앗으려 했으나 민경은 끄떡도 하지 않았다. 성미는 다시금 몸의 이런저런 구멍에서 냄새나는 물을 줄줄 흘리며 생각했다. 적어도 다른 테이블에서는 들리지 않아 다행이라고. 어디서 퀴퀴한 냄새가 난다고는 하겠지만 뱅상 식탁 같은 폐쇄적인 구조에서는 진원지를 밝혀내는 게 쉽지 않을 터였다.

참 이상하게, 곧 죽는다는데도 그런 게 신경 쓰였다. 곧 죽는다는데도⋯⋯.

"민경." 성미는 봉지를 야무지게 묶고 있는 민경에게 물었다. "민경 씨, 우리 죽을 거라잖아. 까먹은 건 아니지?"

"안 까먹었죠."

"그런데도 이렇게 태연한 거야. 우리 죽는다고. 죽을 거라니까?"

민경은 몇 번째인지도 모를 매듭을 짓더니 성미를 향해 천천히 고개를 돌렸다.

"주임님."

"어?"

"제 대학원 동기들이요. 절반 넘게 무직인 거 아세요?"

무슨 뚱딴지 같은 말인가. 인서울 출신들이 왜?

"내가 총 이백예순여덟 곳에 원서를 넣고 여기 하나 붙었어요. 최종면접에서 사장이 뭐라 그랬게요?"

이백예순…… 몇? 지금 다니는 곳이 첫 회사인 성미는 한 번도 입사지원서를 쓴 적이 없었다.

"솔직히 자기는 공부 잘하는 사람들에게 선입견이 있다고. 다 개똥만도 못한 싸가지들이라고요. 그런데 정말로 돈을 벌고 싶다면 인성을 증명하라고, 일 년만 버티면 정규직으로 바꿔 줄거라고 했어요. 정규직! 주임님, 그거 알아요? 나 석사까지 땄는데 그중 얼마나 정규직이 되는지?"

대답이 궁금한 건 아니었던 듯 민경은 곧장 말했다.

"삼십 퍼도 못 될 걸요, 삼십 퍼센트도!"

"민경 씨, 아까 말했잖아." 갑자기 커진 민경의 목소리가 성미는 두려웠다. "우리 곧 죽을 수도 있어. 왜 자꾸 과거 얘기를 해.

계획을 세워야 할 거 아니야, 우리……."

"그런데 내가, 어? 살아남으려고!" 민경이 성미의 말을 벼락같이 고함을 지르며 끊었다. "내가 살아남으려고, 서울 안 되니까 분당, 분당 안 되니까 수원, 수원 안 되니까 나문시까지 원서를 넣고. 그런데도 면접에도 안 부르는 회사들이 수두룩했어요. 이력서만 호로록 처드시고는 대답이 없었다고요. 그걸 보면서 즐거워 죽었겠지? 명문대생이 들어오고 싶어 하는 회사에 다닌다고?"

성미는 할 말이 없었다.

"유일하게 면접 불러 준 게 지금 회사야. 사장이 최종면접에서 주임님 얘기도 했어요. 궁금하죠? 궁금하잖아. 왜 안 물어봐? 사장이 뭐라 그랬는지 왜 안 물어봐요?"

당연한 거 아닌가? 지금 그게 중요한 게 아니니까. 그러나 언제나 그랬듯 성미는 하고 싶은 말을 못 했다. 민경이 사장에게 들었던 말을 의기양양하게 뱉기 시작한 탓이었다.

"후배가 들어올 때마다 스토킹하는 사수가 있는데 견딜 수 있겠느냐고 했어요. 골치가 아파 죽을 지경이라고. 그런데도 날 뽑은 이유가 뭔지 알아요? 대학 잘 갔으니, 공부 잘했으니 참을성이 강하다는 뜻 아니겠냐고. 아무리 좆 같은 상황에서도 버틸 수 있다는 소리 아니겠냐고. 지금껏 들어왔던 애들은 다 할 수 있다고 허풍을 떨고는 반년도 못 견디고 뛰쳐나갔다고 했어요. 그런데요, 면접장에서 그런 얘기를 하면 상대방이 뭐라고 하겠어요? 못 합니다, 해? 안녕히 계십시오, 하냐고. 당장 내일 굶어 죽게 생겼는데 그게 가능해요?"

성미는 민경이 거짓말을 한다고 생각했다. 민경의 전임자들은 모두 착했다. 박봉에 초과근무가 많아 그만둔다면서 성미에게 큰 고마움과 아쉬움을 표했다. 성미는 내내 안타까웠다. 이 업계는 어딜 가도 힘든데. 그걸 모르고 떠난 이들은 퇴사하자마자 성미의 연락을 받지 않았다. 성미는 안쓰러웠다. 그 애들은 민망해서 연락을 못 받은 거다. 다른 데 가도 똑같다는 성미의 충고를 듣지 않고 나간 게 부끄러워서, 그리고 이 회사에서와 똑같이 너무 바빠서, 그래서 답장 한 번 제대로 못 하는 게 분명했다.

성미는 민경을 보며 생각했다. 네가 뭘 알아, 일도 지지리 못해서 내가 다 수습해야 하는 주제에. 몇 달이나 일했다고. 무엇보다 성미와 민경 중 상대에게 더 집착하는 이가 누군지 따진다면 당연히 민경이었다. 그러니 민경의 주장은 애초부터 성립하지 않았다. 최종면접에서 사장이 했던 말도 거짓일 터였다. 그렇다, 민경은 본디 사람의 콩알만 한 흠을 부풀려 험담을 늘어놓곤 하지 않았던가. 그런 짓으로 자기 자존감을 채우는 사람이었다.

목숨이 위태로운 지금 같은 순간에조차 본성을 버리지 못하고 있다. 아니, 오히려 목숨이 위태롭기에 극대화되는 것이다.

저런 거짓까지 아무렇게나 만들어 떠들어 댈 정도로.

"……네 말이 사실이라면." 성미는 떨리는 목소리를 감추기 위해 애썼다. 강해 보여야 한다, 나는 타격이 없다, 저 말은 거짓이니까, 하고 스스로 주문을 걸었다. "그러면 사장이 나를 잘랐겠지. 간단하잖아? 그런데 난 7년을 다녔어. 앞뒤가 안 맞잖아. 그리고 우리 대화창을 조금만 봐도 알 수 있어, 누가 누구한테 집착하는지. 내가 한 번이라도 먼저 말을 건 적이 있을 거 같아?"

"그거요! 그래요, 결국 나는 그 말을 하고 싶었어요." 민경이 말했다. "왜 나한텐 안 집착해요? 나는 멋대로 지배하기가 힘들어서? 원하는 대로 움직이지 않아서? 멍청한 애들이랑은 달라서? 아니면 내가 부러워서? 내가 좋은 대학 나온 게 배가 아파서? 그래서 다르게 대하는 거예요? 열등감 때문에?"

성미는 멍하니 민경을 바라보았다. 민경의 논지를 따라갈 수가 없었다. 어떻게 비약을 해야 저런 결론에 도달하는지, 대체 왜 지금 이런 말을 꺼내는지 이해할 수가 없었다. 그리고 문득 생각했다.

공부 좀 잘하는 걸 빼면 민경이 사회에 득이 될까? 어딜 가도 남들에게 피해만 입힐 텐데.

그러거나 말거나 민경은 계속 지껄였다.

"이런 좆소에서 예쁨받고 있다고 착각하면서 일이란 일은 다 하는 노예잖아요, 주임님은. 그런 주제에 왜 나만 차별해요? 나 없으면 누가 주임님 같은 사람을 좋아하는 척 쫓아다녀 주겠어요? 가끔 보면 불쌍해 죽겠더라. 어떻게 하면 그런 인생밖에 못 살아요? 무서워서 진짜!"

더 참을 수 없었다. 성미는 민경의 위로 넘어져 손톱을 세우고서는 마구 할퀴었다.

5부

데이터 분석

01

빈승은 군 내무반에서 그런 이야길 들은 적이 있었다. 프로 격투기 선수라던 선임의 이야기였다.

"너넨 그게 쉬워 보이지? 상상만 해 본 새끼랑 실제로 사람 때려 본 새끼는 아예 달라. 사람 얼굴 때리는 게, 아무나 할 수 있을 것 같지? 만화 보면 나오잖냐, 영화에서도 존나 잘 패고. 그거 아니다. 잘 알아 둬. 막상 팔다리 다 꽁꽁 묶어 놓고 눈앞에 얼굴 갖다 바쳐도 못 건드는 새끼들이 태반이야. 그니까, 달란트야. 주면 줏어 먹는 그것도, 달란트라고."

"그럼 첫 시도는 어떻게 해야 합니까, 특히 달란트가 없는 사람은?" 누군가 물었다.

"따라 해라. 거리!"

"거리!"

"저 새끼 안 따라 하네. 야, 따라 하라고. 거리!"

"거리!"

"겸손!"

"겸손!"

"집중!"

"집중!"

"그거 세 개다, 새끼들아." 제대가 얼마 안 남은 그는 열심히 기른 머리를 쓸어 넘기면서 말을 이었다. "그거 세 개면 이겨. 일단 거리가 뭐냐면 씨발, 내 팔이 내 생각보다 존나게 짧구나를 자각하게 되는 순간이다. 동양인이면 어쩔 수가 없어요, 응? 앤더슨 실바 이런 새끼들이랑 달라. 심지어 너네처럼 맨날 처먹고 게임이나 했던 새끼들은 체력이 달려서 풋워크도 못 쓰니까 더 답이 없다, 이거야. 사물이 보이는 것보다 조오오온나게 멀리 있습니다, 알아? 팔 뻗어 봤자 휘젓는 것밖에는 안 된다고. 그래서 뭐가 필요한지 알아?"

"모르겠습니다!"

"겸손. 무조건 저 새끼 키를 나보다 크다고 생각해야 한다. 팔도 존나 길고 싸움도 나보다 많이 해 봤다고 여겨야 해. 내가 이길 거다, 그 가능성을 아예 지워야 한다, 어? 저 새끼 키가 백육십이라도 백팔십처럼 행동해야 한다. 저 새끼가 지질해 보여도 집중해야 한다, 얕보면 안 된다고. 예를 들어서, 씨발……." 자리에서 일어난 그는 저벅저벅 내무반을 가로지르더니 왜소한 후임 하나를 붙잡고 바닥에 고꾸라뜨리려 애썼다. 후임은 버텼으나 곧 선임들의 눈초리를 자각하고는 스스로 허물어졌다.

"……야, 새끼, 너 운동했지?"

"……예!"

"무슨 운동 했는데?"

"……초등학교 때 태권도 했습니다."

"거 봐. 초등학교 때 태권도만 해도 이런 일이 생긴다니까." 선임은 땀을 훔치며 어깨를 으쓱거렸다. "그러니까 겸손해야 한다고, 응? 겸손이 어디서 나오는지 알아? 상상력이야. 그리고 겸손에서 뭐가 나오는지 알아? 집중력이지. 이건 인문학적 진리야. 상상력에서 겸손이, 겸손에서 집중력이! 알겠냐?"

빈승은 선임이 말했던 '거리'가 '상상력'에 포함되지 않나 잠시 고민했으나 당연히 토를 달 용기는 없어서 허리만 펴고 앉아 있었다. 그때, 그가 빈승의 이름을 불렀다.

"정빈승."

"일병 정빈승!"

"세 번째가 뭐였다고 그랬지?"

세 번째? 빈승은 장담했다. 분명 '집중'이었다. 그러나 선임은 두 번째 미덕인 '겸손'에서 이미 '집중력'을 도출하지 않았던 가? 세 가지를 꼽는다면 당연히 그 셋 사이에 포함 또는 인과 관계가 생기면 안 된다고 빈승은 믿었다. 선임도 이 원리를 모를 리 없으리라 확신했다. 10분 전에는 세 번째 원리가 '집중'이었겠지만 지금의 답은 아닐 수 있었다. 뭐라고 대답해야 하지?

"새끼야, 모르냐? 내 말 안 들었어?"

"아닙니다!"

"그럼 뭐냐, 대답해."

빈승은 쭈뼛거렸다. 옆에 앉은 동기가 빈승의 허벅지를 주먹으로 몰래 두드리는 게 느껴졌다. 뭐라도 얘기하라는 뜻이었다. 빈승이 멍청한 답을 하면 모두가 온종일 선임의 횡포를 받아들여야 한다. 연좌제. 선임은 그걸 참 좋아했다.

선임이 빈승의 어깨를 잡고서는 부드럽게 되물었다. "첫 번째가 뭐였지?"

"거리였습니다!"

"그래, 거리. 두 번째는?"

"겸손입니다!"

"옳지, 겸손. 잘 기억하네. 이 새끼, 기억력엔 하자가 없구만. 세 번째는?"

빈승이 입술을 오물거렸다. 일차원적으로 생각한다면, 집중입니다, 라고 대답하면 된다. 그런데 왜 하지 못하나. 기가 찬다는 투로 바라보는 동료들의 눈길을 느끼면서도 쉬이 두 글자를 던지지 못하는 이유는 무엇일까. 동치인 것을 하나, 둘, 셋으로 나누어 설명할 리 없다는 자신의 논리 때문인가?

그럴 리가.

당연히. 선임의 진의는 따로 있다는 사실을 빈승은 누적된 경험을 통해 알고 있었기 때문이다. 선임은 그저 빈승을 괴롭히고 싶을 뿐이었다. 어떤 대답이 돌아오든.

"뭐라고?"

선임이 빈승의 입으로 귀를 갖다 댔다. 빈승은 침을 꿀꺽 삼켰다. "집중……"이라고 기어들어 가는 목소리로 대답하자, 예상한 그대로 그가 주먹을 불끈 쥐더니 빈승의 볼을 툭툭, 가볍게 건드렸다.

"내가 집중이라고 했니. 두 번째에서, 집중력에 대해 이미 말했는데. 그런데 세 번째도 집중을 얘기했을 것 같으냐. 내가 그렇게 멍청해? 씨발, 내가 그렇게……."

예상대로였다. 글러 먹었다. 지금부터라도 최선을 다해야 했다. 뭐라고 말해야 할까. 선임의 초점을 정빈승 한 사람에게로 돌려야 했다. 그렇지 않으면 연좌제가 발동될 것이다. 열 명의 미움을 받느니 한 명에게 얻어터지는 편이 나았다. 그래서 빈승은 크게 소리쳤다. "죄송합니다! 방금 제대로 기억이 났습니다!"

"기억이 났어?" 선임이 눈을 커다랗게 뜨고 물었다. "뭔데 그게? 뭔데?"

자신도 모르는 기억을 기억한다고 덜덜 떨면서도 필사적으로 주장하는 누군가를 구경하는 사람은 얼마나 즐거울까. 빈승은 그렇게 생각하며 대답했다. 선임이 후임들에게, 특히 가장 자주 괴롭히는 빈승에게 가장 갖고 있지 않은 마음이 무얼까 매일 밤 홀로 뒤척이며 얻은 네 글자.

"역지사지입니다!"

*

"내가 이러지 말자고 분명히 말했잖아. 왜 내 말을 안 들어요, 왜. 그렇게 오지 말라고 했는데. 오늘은 피하라고 그랬는데 굳이 그딴 식으로."

빈승은 혼잣말하며 손등으로 눈가를 훔쳤다. 숨이 막혀서 주머니에 쑤셔 둔 냅킨을 찾아 쿵, 소리를 내며 코를 풀었다.

"손님들 잘못이야. 어떻게 그럴 수가 있어요. 예약 안 받는다고 했는데 왜 욕심을 부리며 와서는 내 맘을 이렇게 아프게 할 수가 있어, 어떻게. 당신들 욕심 때문에 난 진짜 너무 가슴이 아파요. 내가, 적어도 혈육끼리 죽이는 건 피해 보려고 했다고요."

그러더니 벽을 향해 총을 또 쏘았다. 타일 파편이 튀었다. 빈 승의 총질에 정란은 어깨를 잠깐 움찔거렸으나 비명을 지르지도, 두 손바닥을 마주 대고 빌지도 않았다. 대신 천천히 자리에서 일어섰다. 무릎이며 허리가 아파 더는 쪼그리고 앉아 있을 수도 없었다. 가슴을 펴고, 짧은 한숨을 쉬었다. 그리고 눈앞의 남자를 가만히 쳐다보았다.

금방 알 수 있었다.

정란은 관찰력이 뛰어났다. 그게 천성이나 지능이 아니라 생존 본능에서 온다는 걸 사람들은 몰랐다. 연주는 그런 엄마를 버거워했지만 정란으로서는 어쩔 수 없는 일이었다.

정란은 대의적으로 자신이 당했던 끔찍한 일들을 다른 사람들은 경험하지 않기를 바랐다. 어디까지나 선의였다. 특히 딸과 딸의 친구들은 자신이 지켜 주어야 한다고 여겼다. 그 아이들이 어른이 되고 사회의 주체로 자리매김하면 그동안의 노고를 단번에 인정받을 수 있으리라.

연주가 착각한 것이다. 정란이 딸만 사랑한 것도 아니다. 정란은 자신이 마음껏 줄 수 있고 그만큼 자신에게 감사할 사람을 찾아 '지배'하고 싶을 뿐이었다. 그 정도는 바라도 된다고 여겼다. 혈육이 아니어도 괜찮았다.

민감한 관찰력을 가진 덕에 정란은 한시도 안심하지 못했다. 신내림이라도 받은 것처럼 자신의 눈에만 보이는 것들이 있었다. 연주는 물론 연주의 친구들도 한두 번 보면 속사정이 훤히 보였다. 친한 친구 사이에서도 나눌 수 없는 음습한 사연이. 성인 동영상을 보여 주던 날도 그랬다. 바닥에 철퍼덕 앉아서는 상기된 볼을 한 채로 은근히 아랫도리를 움직이는 아이들을 보며 정란은 현실적인 성교육을 하는 대범하고도 사려 깊은 자신에게 만족했다. 아이들은 정란이 동영상에 덧붙여 묘사하는 끔찍한 상황들에 몸서리를 쳤지만.

딸의 머릿속을 모르는 그들의 부모를 대신해 내가 저들을 보호한 거야. 정란은 세상에 무책임한 부모, 무신경한 부모가 너무 많다고 확신했다. 이 무서운 세상에 묻지도 않고 아이를 낳았으면 부모이기 이전에 인간으로서 삶을 바쳐 절대적으로 아이를 보호해야 하지 않는가. 자신에게 백 명의 아이가 있었더라면, 연주 하나를 키운 것보다 수백 배 행복했을 거라고 정란은 확신했다.

정란은 복도에 선 채 남자를 지그시 바라보았다. 공포보다는 일종의 승리감이 차올랐다. 내가 그랬지, 세상이 얼마나 끔찍하고 무서운 곳인데. 그 말을 딸 연주는 지금껏 한 번도 믿지 않아 왔다.

"복도에 나오지 말라고 했잖아요." 하지만 남자의 말투는 냉정하지 않았다. 오히려 소심했다.

"아, 결정하신 거예요? 희생하시기로?"

"예?"

"따님을 살리겠다고요. 어머님이 죽고?"

정란의 등 뒤에서 흡, 숨 들이마시는 소리가 났다. 아직 복도에 나오지 않은 연주였다. 내 배 아파 낳은 딸이라 정란은 연주가 지금 어떤 표정을 짓고 있을지 훤히 그려 볼 수 있었다. 기대감에 차 있으리라. 그리고 정란이 총에 맞아 쓰러지는 순간 환희에 젖으리라. 내가 모를 줄 알고? 낳아 주고 키워 준 엄마를 증오하는 딸을 기복 없이 사랑해 내는 것은, 동시에 그걸 모른 척하는 건 아주 어려운 일이었다.

더는 아니다. 지금 정란의 마음 한구석이 조용히 허물어지고 있었다. 내가 저 애를 다시 사랑할 수 있을까. 스스로에게 물었지만 대답은 나오지 않았다. 이제 모성은 다른 곳으로 향해야 했다. 그것이 지독한 집착임을 정작 정란 자신은 모르지만.

그때 남자가 눈에 들어왔다. 어쩌면 연주를 대신할 수 있지 않을까.

정란의 침묵에 남자가 다시 물었다. 주저하는 듯 말이 느렸다.

"왜…… 그래요?"

"네?"

"왜 희생……해요? 딸이 엄마를 미워하는데. 엄마가 없어졌으면 좋겠다고 바라고 있잖아요. 그런데 왜 원하는 대로…… 해 주려고 해요? 괘씸하지도 않아요……?"

남이 봐도 그렇게 보이는구나 싶어서 정란은 허탈하게 웃었다. 무엇을 근거로 어림짐작하는지는 중요하지 않았다. 알고야 있었지만, 연주를 키우며 내내 아프게 느꼈지만, 정말이지 모성이란 절대 돌려받을 수 없는 일방향의 감정이었다.

"나는 괘씸하지 않아요. 나는 그렇게 태어났거든."

"어떻게……요?"

그와 함께 남자가 든 총구가 점점 바닥을 향해 내려갔다. 정란은 심호흡하고 그를 살폈다. 지금 자신을 죽일 생각도, 그럴 용기도 없다는 직감이 빠르게 찾아왔다. 생각이 없어서 용기를 낼 필요가 없는 건지, 용기가 부족해 생각을 단념하게 된 건지는 아직 확신이 안 섰으나 지금부터 확인하면 될 일이다.

"세상이 얼마나 무서운지 아는 사람들은 결국 미움받을 수밖에 없거든요. 미친 사람 취급밖에는 받을 수가 없어요. 나도 힘들어 죽겠는데 아무한테도 인정받지 못하지, 그러고선 지들은 힘들면 나한테 징징대며 매달려. 세상이 무서운 거 너무 잘 알고 가장 많이 당해 왔는데 엄살떠는 사람들 때문에 혼자 도망갈 수도 없고. 분명 나는 가진 것 다 퍼 줬는데도 손가락질만 당하고." 정란은 조금 더 용기를 내 남자의 눈을 마주하고 웃어 보였다. "나 참 불쌍하지요? 그쪽도 내 말 이해할 거예요. 원래 착한 사람들이 겁이 많아요, 그래서 상처도 많이 받지. 이름이 뭐예요? 계속 그쪽이라고 부를 수는 없잖아. 아무거나 지어서 대답해도 좋아요."

정란은 자신의 이름을 물어보지 않았던 사람들을 생각했다.

"⋯⋯정빈승입니다."

"어머, 그럼 뱅상이 빈승이야?"

빈승은 깜짝 놀랐다. 자신조차 몰랐던 해석이었다.

"이름 걸고 장사했구나. 요새 그런 사람이 어디 있어. 자기 이름 건 곳에서 이러는 거면, 얼마나 쌓인 게 많았을까. 나 사실 처음 여기 올 때부터 생각했어. 이렇게 특이한 공간을 만든 사람은 있지, 사람을 지긋지긋해하면서도 어쩔 수 없이 사람을 좋아하는 사람이라고요. 왜냐하면 사람으로 태어났으니까. 응당 그래야 해서⋯⋯, 사람이니까. 그런데 그런 마음을 가지는 젊은이가 얼마나 있나 요새? 사람 같지도 않은 것들 사이에서 남

상처 안 주며 사람답게 살기가 얼마나 힘들어요……."

정란은 이어 말했다.

"나는 김정란이에요. 뭐 그게 지금 중요한 건 아니지. 빈승 씨가 내 목숨을 쥐고 있는데. 당장 총만 쏘면 끝날 테니까. 그렇지만 딸한테 버림받은 엄마로 기억되고 싶지는 않으니까 이름을 말하겠어요. 기억해 줬으면 좋겠네."

정란은 바지 주머니 쪽을 움켜쥐었다. 공 핸드폰만 들키지 않는다면 살 수 있을 것 같았다.

-너무 좋으신 분이에요. 나 눈물 나려고 해.

미미가 불쑥 끼어들었다.

-주방에서도 들었잖아요? 딸을 어찌나 살뜰하게 챙기던지…….
그런데 딸은 싸가지가 없더라고요. 저런 엄마 밑에서 태어난 게 복인줄도 모르고……. 난 그런 애들이 싫어요, 너무 미워. 빈승도 그렇죠?

빈승은 고개를 끄덕였다.

-나라면 저 아줌마를 살리고 싶을 것 같은데. 아줌마 말 계속 듣고싶어요. 위로가 되는 것 같아요.

-나도 그래.

-빈승이 결정해요. 어차피 하나씩만 죽으면 되니까. 근데 좀 그렇잖아요, 엄마 죽으라고 내보내는 여자가 사는 건 아무래도 좀.

빈승은 정란이 좋은 사람 같았고, 한편으로 고마웠다. 방아
쇠를 당겨야 한다는 압박감을 지워 주어서. 계속 저이의 이야
기를 듣고 있어도 좋겠다고 생각했다. 세상을 끔찍하다고 여기
는 이는 생각보다 드무니 동지라 할 수도 있겠지. 더욱이 아직
아무 일이 벌어지지 않은 지금의 상황을 빈승은 유지하고 싶었
다. 애처로운 여자가 아닌가. 젊은 딸에게 버림받은 나이 든 엄
마⋯⋯. 빈승은 주방에서 주워들었던 내용을 떠올렸다. 그토록
농도 짙은 사랑을 받으면서도 패륜을 저지를 생각을 할 수 있다
니. 정란의 딸을 생각하니 분노가 치밀었다. 이런 사람들은 벌
을 받아야 한다. 빈승 자신이 이런 사람들에게 평생을 당하고
산 게 아니었던가.

어쩐지 방아쇠를 당기고 싶지 않더라니. 빈승은 결심했다. 2번
테이블 모녀 중 하나를 없애야 한다면 당연히 딸이다.

"김정란 손님."

빈승은 자신이 숙제를 미루는 아이처럼 행동하고 있다는 걸
알았다. 그러나 과거의 자신처럼 배신당하고 상처받은 이에게
총구를 들이미는 짓을 하지 않을 수 있다면, 그렇다면 그러고
싶었다. 세상에 죽어야 할 연놈들은 넘쳤다. 아니, 그런 연놈들
만 내내 살렸다.

"여기로 와요. 이쪽으로."

빈승이 발을 세우더니 정란을 향해 톡톡 바닥을 찍었다.

"내 등 뒤로 오라고요, 아주머니."

동시에 저쪽 어딘가에서 놀란 숨을 들이마시는 소리를 들었다. 정란의 딸이 숨어 있을 만한 자리였다. 거기 내포된, 투명한 욕심과 이기심을 느낄 수 있었다. 마침내 정란의 마음을 완벽히 헤아릴 수 있었다. 곧 코끝이 아리더니 눈물이 흘렀다. 지금껏 자신을 가장 괴롭힌 건, 혼자 살겠다고 숨은 존재들이었다.

그러니까, 자신을 괴롭히고 따돌리던 선임, 동료, 선배 등등.

"아주머니. 내가 아주머니는 살리려고 해요. 그러고 싶어졌어요. 아주머니가 불쌍한데 나도 불쌍한 사람이라, 불쌍한 사람끼리는 죽이면 안 되니까. 버림받는 거 너무 끔찍하잖아. 난 자기 입으로 지가 불쌍하다고 떠드는 새끼들은 안 믿어요. 근데 아주머니는 버림받는 걸 내가 싹 봤으니까 믿는 거예요." 빈승은 총을 다시 어깨높이로 들었다. "살려 줄 테니까 내 뒤로 와요."

그 말에 딱딱, 굽 소리를 내며 정란이 움직였다. 빈승은 천천히 연주의 테이블로 걸음을 뗐다. 그러나 빈승이 도착하기 전에 요란하게 종이 울렸다. 정란은 놀라 반쯤 펄쩍 뛰었다. 종을 흔들면 이렇게 쩌렁쩌렁하게 울리는구나. 빈승 쪽을 돌아보니, 의외로 그 또한 몹시 놀란 눈치였다. 어찌할지 모르고 휘적거리는 빈승에게 정란이 물었다. "왜 그래요?"

"아, 씨. 저 소리만 들으면 달려가야 할 것 같아서……." 빈승이 미간을 찌푸리며 불안한 듯 몸을 흔들었다. "빨리 안 가면 늦게 온다고 욕한단 말이에요, 새끼들이. 얼른 가야 할 것 같아서……."

정란은 큰맘 먹고 손을 뻗어 빈승의 어깨를 두드렸다. "가요. 마음이 불안하면 될 일도 안 돼. 일단 가서 무슨 일인지 봅시다. 우리한테 시간은 많잖아요?"

우리.

정란은 2번 테이블을 지나쳐 1번 테이블로 향하는 빈승의 뒤를 쫓으며, 딸이 있는 쪽을 흘겨보았다. 연주는 가방을 방패 삼은 채 엄마를 노려보고 있었다. 아직도 복도에 나오지 않았어. 정란은 곱씹었다. 딸이 나를 사지로 몰아넣었다니. 예상은 했어도 연주가 정란이 죽길 바란다는 사실을 받아들이는 건 힘들었다. 이렇게 쉽게 등을 떠밀 줄은 몰랐다. 그래서 정란은 더 큰 공상을 시작했다. 딸을 잃은 어미의 삶은 어떨까?

앞으로 사람들이 자신의 말을 잘 들어줄 것이다. 의연하게 그 고통을 이겨 내고 다른 이들에게 더욱 사랑을 베푼다면, TV에도 나오고 강연도 다닐 수 있을지 모른다. 그때는 준 만큼 사랑받을 터였다. 자신을 버린 딸보다 나은 사람들에게.

02

1번 테이블에 앉은 얼굴들을 보자마자 정란은 소리쳤다. "이 수창 선생님 아니세요?" 그리고는 애진 쪽으로 흘끗 눈길을 던지고 다시 수창에게 물었다. "사모님이랑 데이트 오셨구나, 그렇지요?"

"누, 누구시죠?" 빈승이 들고 있는 총에서 눈을 떼지 않으며 수창이 더듬더듬 되물었다.

"13년 전에 우리 애 담임하셨지요, 고1 때. 오연주라고 기억하시는지 모르겠네요. 나문여고에서요."

"아아, 알죠, 알죠!" 수창이 반색했다. "기억합니다. 다는 기억 못 해도 연주는 알죠."

그러면서도 그가 눈을 굴려 빈승의 어깨에 올라간 정란의 손을 바라보는 것을 정란은 간파했다.

"착한 청년이에요. 말도 잘 통하고. 잠깐 마음이 아파서 그랬던 건데, 사람이 살다 보면 실수도 할 수 있잖아요? 실수 없는 사람이 어디 있겠어요. 우리가 이 청년 이야길 많이 들어줘야 해요. 그러면 다 웃으며 나갈 거예요. 사모님이랑 같이 오셨으니 특히 더 그러셔야지. 안 그래요?"

그다음에 빈승을 돌아보며 물었다.

"안 그래요? 나는 일찍 남편을 잃어서요. 오래오래 같이 사는 부부를 보면 그렇게 눈물이 나더라고요. 좋아 보여. 빈승 씨도 그렇지 않아요?"

빈승이 고개를 끄덕이자 수창이 득달같이 애진의 어깨를 감싸며 말했다. "이 사람이랑 평생을 함께하기로 했습니다. 살아도 같이 살고, 죽어도 한날한시에 같이 죽기로요!"

당황한 애진이 어깨를 틀며 몸부림치려 하자 수창은 애진을 조금 더 단단히 잡고는 외쳤다. "우리 집사람이 수줍음이 많습니다. 나이 들면서 더."

그 말에 정란이 웃으며 대꾸했다.

"그러게요, 스타일도 많이 바뀌셨네. 옛날엔 화려한 멋쟁이셨는데 지금은 수수해지셨어요. 사모님이 예전보다 편안해 보여 좋네요. 전에는 아름다우셔도 조금 성마르시고 날카롭고⋯⋯."

빈승은 천천히 이를 악물었다. 주방에서 저 둘이 나누는 이야기를 몽땅 들은 참인데. 정란은 모르는 걸까? 천연덕스럽게 거짓말하는 남자를 당장 쏘고 싶었다. 그러나 왠지 정란이 마음에 걸렸다. 무작정 총질한다면 자신에게 크게 실망할 것 같았다. 빈승을 이해하려 하고, 미미도 마음에 든다고 한 정란. 빈승은 자신이 총을 든 상황이 감당하기 힘들고 두려웠다. 제아무리 미미의 지시라 하더라도. 그래서 정란에게 매달리고 싶었다. 정란이라면 일련의 일을 마무리하고 아무 일도 없었던 것처럼 만들 방법을 줄 수 있을 것 같았다.

빈승은 정란에게 속삭였다. "거짓말하는 사람은 쏴 버리면 안 될까요?" 남자 옆의 여자도 매한가지다. 둘 다 마음에 들지 않았다.

그러거나 말거나 수창은 계속 거짓말을 늘어놓았다.

"아내를 보셨군요. 나문시가 워낙에 좁으니까요. 서현지구가 생기기 전에는 더 좁았죠. 원래는 나문시도 아니었는데 나중에 확장된 거 아닙니까. 동네 돌아다니면 애들이고 부모들이고 다 볼 수 있었잖아요? 아파트 화요 장터에서도 보고, 학교 앞 식당에서도 보고." 수창은 다시 한번 애진의 어깨를 감쌌다.

정란이 고개를 끄덕였다. "맞아요. 일하는 곳에서도 마주치곤 했지요. 사모님은 모르실 거예요, 저를."

그러고는 주저리주저리 말을 이어 나갔다.

"애들 고1 올라가고 엄마들 만난 첫날에, 선생님이 사모님 자랑을 그렇게 했거든요. 사진도 보여 주시면서. 얼마나 고상하고 아름답고 날씬하고 우아하던지. 내 꼴이 부끄럽더라고요. 왜 그러셨을까? 처음엔 예쁜 아내를 자랑하고 싶어서라고 생각했는데 나중에 알겠더라고요. 선생님은 엄마들끼리 뭉치는 걸 누르려고 했던 거야. 촌스러운 엄마들에게 너희랑은 다른 인간이란 걸 보여 주고 싶었던 거야." 정란은 확인받으려는 듯 빈승에게로 고개를 돌렸다. "지금처럼 삐까번쩍하지 않았잖아요. 다 가난하고 꾀죄죄했지. 선생이 그나마 번듯한 직업이었고. 그러니까 그렇게 무시했지."

수창은 눈을 둥그렇게 떴다. 엄마들에게 인기를 얻기 위한 시동이었는데.

"사모님은 내가 자기를 아는지 모르셨을 거야. 그러니까 나 일하는 가게에 와서는 그러셨겠지. 음식 재활용하면 안 된다면서 손도 안 댄 반찬들 죄 섞어 놓고, 입 닦고 코 푼 휴지를 음식 있는 그릇 안에 넣고. 뒤룩뒤룩 살찐 여자가 음식을 가져다주니 입맛도 떨어진다면서 낄낄대고." 정란은 애진을 손가락질했다. "본인도 이런 모습으로 나이 들 줄 몰랐겠지. 그런데 정말 같은 사람이 맞아요? 어떻게 저렇게 변했어?"

정란은 아예 빈승 쪽으로 돌아섰다.

"빈승 씨도 알죠? 사람들이 먹을 때 제일 추저분한 거. 자기 본모습이 나오잖아요. 먹으면서 입으로 똥을 뱉는 사람. 사모님이 딱 그런 사람이었다니까요? 그래서 기억하지. 지긋지긋했어. 단골이었거든, 나 일하던 집."

-맺힌 게 많으시구나. 그치요, 빈승.

미미의 목소리가 빈승의 귓가를 채웠다. 빈승은 저도 모르게 고개를 세차게 끄덕였다.

-사람들이 흔히 잘못 아는 게 있어요. 특수한 샘플이 유용하다는 거. 다른 실험체들이 보여 주지 못하는 경과를 보여 주는 개체가 가치 있다는 거. 다 거짓이에요. 평범한 사람 탄압하려고 만든 가짜 이론일지도 몰라요.

빈승은 애진의 입을 막는 수창을 지켜보며 계속 미미의 말을 들었다.

-나는 알죠, 오차 범위 밖의 샘플은 없어도 무방하다는 걸. 우린 면밀하게 실험을 해 왔고 거기엔 어떤 오류도 없잖아요? 지금 이 일을 하는 건, 마지막 실험을 성공시킨 후에 오염된 실험체를 처리하기 위함일 뿐이잖아요? 그러니까, 아무래도 이 테이블에 있는 사람들에게는 미련이 남지 않을 것 같아. 그러니까…….

"없애도 될 것 같다?"

빈승이 자기도 모르게 큰 소리로 말을 뱉었다. 모두가 행동을 멈춘 채 빈승을 쳐다보았다. 미미가 이 장면을 '볼' 수 있을까? 알 수 없었다.

-그렇지 않을까요. 아무래도, 둘 다 오차 범위 밖에 있을 인성의 인간일 테니까.

"그런데, 진짜 아내가 아니잖아. 가짜잖아. 거짓말이잖아."

내뱉고 나서도 빈승은 자신이 미미의 말에 육성으로 대꾸했음을 알아채지 못했다. 기민하게 반응한 쪽은 정란과 애진이었다. 수창은 목소리조차 내지 못했다. 평소 자신을 수완이 좋고 잽싸다고 여긴 수창이었으나, 자신을 너무 과대평가했다.

"어머! 총각, 어떻게 알았어요?"

애진이 벌떡 일어섰다.

"이 사람 순 거짓말만 하고 있어요. 나는 이 사람 와이프가 아니라고요."

*

연주는 엄마와 남자의 그림자가 사라지자마자 조용히 테이블을 빠져나와서는 3번 테이블 쪽으로 엉금엉금 기었다. 출구와 반대라는 걸 알지만 문에 매달린 종 때문에 몰래 나갈 수는 없었다.

엄마가 복도 쪽으로 나갔는데도 총성이 울리지 않았다. 분명 범인에게 허점이 있을 것이다. 다른 테이블에 도움을 요청할 수 있을 것이다.

오리걸음으로 문을 등지고 걸으니 복도 쪽으로 삐져나온 발바닥 두 개가 보였다. 연주는 조금 더 움직였다. 무엇을 보고 싶었던 걸까? 어떤 기구한 운명의 이들이 공포에 벌벌 떨고 있을까, 확인하고 싶었던 것일지도 몰랐다.

인질끼리 벌인 참극을 볼 줄은 당연히 예상하지 못했다.

*

상아는 유진이 위급한 상태가 아니라고 확신했다. 내내 눈을 깜박이고, 얼굴 근육을 바쁘게 움직이고 있었으니까. 말이야 못하게 될 수도 있을 것이다. 그거야 일종의 심리적 쇼크 때문일 터. 치료하면 낫는다. 유진이 애들을 팬 후에 항상 말하지 않았는가. "좀 있으면 나아. 씨발. 걱정하지 말라고. 처울지 말라고. 뭐가 아프다고 지랄이야."

그런데도 유진에게서 눈을 뗄 수 없었고, 그러던 중에 유진의 동공에 맺힌 낯선 여자, 연주를 발견할 수 있었다. 어떻게? 상아는 별안간 등장한 여자로부터 최대한 멀어져서는—유진의 몸에 한껏 붙을 수밖에 없었다—헐떡거렸다. 복도에 나가면 죽인다고 괴한은 을러댔었다. 그런데, 왜 복도에서 여자가 나타나는 거지?

"뭐야, 이거 뭐예요? 이…… 이거." 여자의 더듬대는 말이 들리자마자 상아는 자신도 모르게 그쪽으로 달려들었다. 이유는 퍽 간단했다. 유진의 배가 왜 피범벅인지 해명할 방법을 몰랐기 때문이었다. 목격자는 없애는 게 맞다. 눈앞의 여자는 상아가 유진을 해하는 장면을 봤을지도 몰랐다.

하나를 쑤시기가 어려웠지, 둘이 힘든가. 그런 생각은 여자에게 달려들고 나서야 찾아왔다. 행동은 본능에서 나오는 게 맞았다. 피투성이가 된 연주를 보고서야 정신이 들었다.

*

찢어질 듯한 비명이 메아리친 순간 성미와 민경은 동시에 동작을 멈추었다. 둘은 서로의 몸에서 최대한 떨어져 벽에 붙었다. 다시 한번 누군가 고함을 질렀다.

출입이 금지된 통로에서 왜 사람 소리가 들리지? 두 사람은 같은 의문을 가졌고, 성미가 조금 더 빨리 상황을 판단했다.

"나가도 되나 봐." 성미가 말했다.

"비명이었어요."

"총소리는 안 났잖아. 그건 안 죽었단 뜻이야." 성미가 말했고 그걸 뒷받침하듯 곧바로 여자 몇의 고함이 섞였다. 여전히 총은 울리지 않았다. 괴한이 아무것도 안 하고 있거나 무력화되었다는 뜻이리라고 성미는 판단했다. "도망갈 수 있을 것 같아. 얼른 나가야겠다."

민경이 대뜸 대답했다. "미쳤어요?"

"아무 일도 안 일어나고 있잖아, 판단이 안 돼?" 성미는 더는 착한 선임이 될 마음이 없었다. "기다리든가. 나는 나갈 테니까! 아주 좋겠네, 내가 알아서 사라져 주니까 말이야. 혼자 남아 있다가 총 든 새끼 오면 싹싹 빌면 되겠어."

"주임님 나가면 사장한테 뭐라고 할 건데?"

"뭐?"

"내가 주임님 버렸다고 사장한테 꼰지를 거잖아!"

성미는 기가 막힌 눈으로 민경을 보다가 대답했다.

"무슨 일이 있었는지는 보고해야겠지. 월요일에 출근할 거니까. 민경 씨는 계속 묶여 있느라 못 올 수도 있겠지만."

"혼자만 산다 이거예요?"

"민경 씨도 나가면 되잖아."

"그 총 든 놈이 나오지 말라고……!"

"절박하다며." 성미가 입을 비죽거렸다. "능력도 출중한데 절박하기까지 하잖아. 수준 안 맞는 사람들 밑에서 일하려고 노력하는 것도 본능이잖아. 지금은 증명하고 싶지 않은가 봐?"

"만용인지 아닌지 판단하는 중이거든요?"

말은 청산유수지, 라고 성미는 생각했다. 들어줄 마음은 추호도 없었다. 꼴도 보기 싫었다. 일 분 일 초도 더는 함께할 수 없을 듯했다. 차라리 총 맞고 죽는 게 낫다 싶은 걸 보니.

이렇게 누군가를 증오한 적이 있던가? 전혀. 그러므로 성미는 생각했다. 이 낯선 감정의 책임은 민경에게 있다고. 자신은 절대 이런 식으로 동료를 버리는 이가 아닌데, 그런데 상대가 민경이라서 어쩔 수 없이 저지르는 것이니, 모두 민경의 탓이라고.

입씨름도 사치라고 여긴 성미는 저린 다리로 게처럼 옆으로 걸어 테이블을 벗어났다. 통로에 이르자 천천히 몸을 폈다. 살 것 같았다. 후우. 두 팔을 쭉 뻗은 채 스트레칭도 두어 번 했다. 계절과 상관없이 항상 둥그렇게 젖는 겨드랑이 때문에 시도도 못 한 자세였다. 시원했군. 이렇게 편안하게 사는 거였어, 다들.

그러자 기이한 용기가 샘솟았다. 언제부터였을까? 비명을 들은 때부터, 아니면 민경이 자신에게 집착했던 이유를 알게 된 순간부터? 처음 총소리를 들었을 땐 겁에 질렸었다. 반면 지금은 이 상황을 뚫을 수 있을 것 같단 마음이 들었다. 나가서 할 일이 많았다. 출근이 하고 싶어졌다. 회사 사람들에게 보여 주어야 했다. 또 다른 업적을 세울 차례였다.

스카이 출신이라고? 일머리가 젬병인 민경은 몇 번을 주워들어도 모를 거다. 최성미가 왜 잘리지 않고 남아 있는지. 왜 사고만 나면 사장 이하 모두가 최성미만 찾는지. 면접에서조차 비위를 맞추라고 언급되는 '대단한' 사람이 된 비결이 무엇인지.

성미는 뚜벅뚜벅 세 걸음 정도를 걷다가 배낭 생각에 돌아갔다. 민경을 본체만체하고 배낭을 멨다. 등을 돌리려는데 무언가 툭, 팔뚝을 친 후 바닥으로 떨어졌다. 자신의 토사물이 담긴 비닐봉지였다. 어찌나 꽉 묶었는지 터지지는 않았다. 성미는 화를 내려다 말고 상대가 가여워져서, 손을 뻗어 민경의 정수리를 쓰다듬었다.

"다음 생에는 꼭 네 수준에 맞는, 저 윗자리 고귀한 회사로 가. 알겠지?"

그러고는 민경의 시야에서 사라졌다.

03

성미가 있던 4번 테이블은 출입문을 기준으로 2열 안쪽에 있었으므로 밖으로 나가기 위해서는 3번 테이블을 지나치지 않을 수 없었다. 성미는 벽에 딱 붙어 천천히 조금씩 움직였다. 여차하면 원래 자리로 내뺄 요량으로, 몸은 지나온 방향을 향한 채 잔뜩 움츠리고는 뒷걸음질하듯 걸었다.

"도와주세요! 누가 도와주세요!" 3번 테이블에 거의 닿았을 때쯤 고함이 들리더니, 누군가 성미가 있는 복도 쪽으로 튕겨

나왔다. 테이블 쪽에서 새어 나오는 밝은 빛이 복도에 엎드려 있는 왜소한 여자를 비추었다. 누구도 도우러 나오지는 않았다. 숨을 헐떡이며 눈을 굴리던 연주는 성미를 보더니 울음을 터뜨렸다. "도와주세요." 그러고는 상상도 못 한 말을 했다.

"저 안에, 사람이…… 사람을 죽였어요."

성미가 놀라 속삭였다. "당신이?"

"아니, 제가 아니라. 칼로……. 어떤 여자가……, 칼로."

무슨 말을 하는 건지 도통 이해가 가지 않았다.

"여자라고요? 남자가 아니고? 총이 아니라 칼?"

여자가 고개를 끄덕이며 무릎으로 기어서는 성미의 종아리를 붙들었다. 축축하고 미끈거리는 무엇이 종아리에 닿아 성미는 소스라치며 뒤로 물러났다. 여자의 손에는 피가 흐르고 있었다.

성미는 3번 테이블 쪽을 바라보다 몸을 죽 뺀 채 밖을 쳐다보는 두 눈과 마주쳤다. 양손에 나이프를 든 임산부가 테이블 밖으로 나오지는 않고 눈만 둥그렇게 뜬 채 성미와 성미 옆의 부상자를 번갈아 바라보고 있었다. 나이프에 뭐가 묻었는지가 어둑한 복도에서는 제대로 보이지 않았다. 빛을 등진 이목구비도 마찬가지였다.

"나는 아무것도 못 봤어요." 성미는 얼굴을 가리며 입을 달싹거렸다. "아무것도……."

하지만 칼을 든 상아는 성미의 말을 자르며 복도로 뛰어나왔다. 성미는 비명을 지르며 등을 돌린 채 복도를 마구 내달렸다. 상아는 부상당한 유진을 제쳐 놓고 성미를 쫓아왔다. 성미는 자신이 방금 비웃으며 떠난 4번 테이블 쪽으로 뛰고 있단 것조차 몰랐다.

4번 테이블로 돌아온 성미는 얼른 손에 나이프부터 쥐었다. "뭐야?" 민경이 한마디했지만 들리지 않았다. 성미는 덜덜 떨리는 손으로 나이프를 들고서는 허공을 향해 마구 휘둘러댔다. 민경은 목을 빼서 성미의 반대편을 보았다. 양손에 나이프를 든 채로 어찌할 바를 몰라 울 듯한 표정의 임산부를. 칼을 든 상아의 원피스에는 피가 가득 묻어 있었다.

"나는 아무것도 못 본 거예요." 성미가 계속 중얼거렸다. "아무것도 못 봤어요. 그러니까 찌르지 말아요. 다시 돌아가요. 얼른……. 가만히 있으면 혼자 나갈 수 있잖아요……. 나는 못 본 거예요. 신고도 안 할게요……."

그 말에 민경은 별안간 눈앞이 환해지는 기분이었다. 찔렀다고? 그런 방법이 있고, 대담하게도 그것을 시도한 사람이 있단 뜻이다. 왜 그 생각을 하지 못했을까? 왜 성미와 같이 나가려고 했을까? 착한 척 굴며 온갖 모욕을 주던 성미와!

"미안한데, 내가 사람을 잘 못 믿어서요. 당한 게 많아서." 상아가 말했다.

"신고 안 한다고요!"

성미가 다짐하듯 반복했다.

"어떻게 믿어요. 합의만 보면 될 거라고 여기로 떠밀어 놓고
서는, 정작 내 애 하나만 죽이고 나머지는 다 살려고 한다잖아.
그런데 내가 그 말을 어떻게 믿어요……."

"합의? 그게 뭐예요? 무슨 말이에요?"

"……나는 잘못한 게 없어!"

하나도 맥락이 맞지 않는 상아의 말이 끝나자마자 성미가 외
쳤다.

"아줌마! 내가 다 덮어 준다고요! 그러니까, 내 말 들으라고!"

그 말을 하는 성미의 음색이 민경에게는 익숙했다. 하청업체
들과 싸울 때 내는 목소리. 성미는 지독하게 달라붙어 값을 깎
고, 일정을 앞당기고, 사고 원인을 뒤집어씌우곤 했다. 당신들
의 잘못이지만 특별히 우리가 봐주겠다고 시혜적으로 구는 메
커니즘에 완벽히 특화되어 있었다. 회사에서는 성미를 '땜장이'
라 부르곤 했다. 땜장이는 절대 실패하지 않았다.

"아줌마가 잘못한 거 내가 다 없던 걸로 해 주겠다고요. 그러
니까 제발. 응? 칼 내려놓고 내 말 들어요!"

민경은 항상 궁금했다. 수년을 거래했으니 성미의 수법을 충

분히 알 법도 한데 왜 그들은 계속 당할까. 약속한 돈보다 적게 받고, 말도 안 되는 일정 요구에 시달리면서도 계속.

이제는 알 수 있었다.

"아줌마. 내가 입 다물어 준다고요. 나 입단속 진짜 잘해요. 각서라도 쓸까요? 가방 안에 펜이랑 수첩이랑 다 있는데. 아무 일 없던 것처럼 만들어 줄 수 있어요!"

'아무 일 없던 것처럼 만들어 줄 수 있어요.' 그게 성미의 방식이리라 민경은 확신했다. 약자를 겁주어 벌떡 일어나게끔 만든 후에, 자신이 무슨 일을 저지른 건지 몰라 공포에 질려 있는 약자에게 자비를 베푸는 척 굴기. 따지고 보면 민경에게도 마찬가지였다.

민경은 몸을 떨었다. 땜장이, 불합리한 과정을 고착화하는 폐단. 민경은 지방의 코딱지만 한 회사 정도는 손쉽게 개조할 수 있을 줄 알았다. 그런데 성미를 만난 것이었다. 쓰레기 같은 공정에 완전히 익숙해진 선임. 회사의 중추들은 민경으로 하여금 성미의 시녀가 되도록 유도한 게 분명했다.

민경은 마음을 정했다. 민경은 성미가 자신을 싫어한다는 걸 잘 알았다. 그래서 성미를 좋아하는 척 연기하는 게 지겹기도 했다. 그러던 차에 하늘에서 보낸 것처럼 모든 갈등을 해결해 줄 이가 나타났다. 천사처럼 손톱에는 작은 보석이 가득 박혀 있었다.

저이로 하여금 성미를 찌르도록 부추기자! 자신에게는 죄가
없도록.

민경은 토사물이 담긴 봉지를 끌렀다. 그러고는 여전히 테이
블 쪽에 몸을 숨긴 채, 임산부를 향해 힘껏 던졌다. 봉지는 내용
물을 조금 흩뿌리며 날아가더니 상아의 몸통에 명중했다. 부푼
배를 타고 토사물이 뚝뚝 흘러내렸다. 상아는 헛구역질을 시작
했다. 당황한 성미가 민경 쪽으로 고개를 돌렸다. 나이프를 든
채로 민경을 노려보더니 죽여 버린다, 라고 입 모양으로만 말
했다.

*

상아와 성미로부터 버려진 연주는 바닥을 기었다. 사람들이
우르르 몰려간 쪽과 반대로 이동하려다 보니 출구가 아니라 엄
마인 정란이 있는 곳으로 향하게 되었다. 아프다기보다는, 몸에
서 힘이 자꾸만 빠져나갔다. 졸음이 밀려왔다. 누워서 눈을 감
고 쉬면 좋겠다 싶었으나 마음을 다잡았다. 살고 싶었으니까.
용케도 엄마는 아직 죽지 않았으니—엄마가 죽을 수 있는 사람
일까도 싶었다. 지금 자신의 꼴을 보여 주어 용서를 구하는 게

현명할 듯했다.

엄마를 따르지 않아 이렇게 되었다고, 얼마나 바보 같은 생각을 했는지 뉘우친다고, 나가면 애인과 헤어지고 엄마와 영원히 살 거라고 읍소하리라. 그렇게라도 살고 싶어 하는 자신에게 연주는 제법 놀라기도 했다. 엄마의 감옥에서 영원히 벗어날 수 없으리라는 공포가 찾아들 때마다 방 창문을 연 채 떨어져 즉사할 곳을 궁리했는데. 용기가 없어서였다고 여겼는데 그게 아니었다. 살고 싶었다.

1번 테이블에 거의 도착했을 즈음 왁자지껄 싸우는 소리가 들렸다. 얼핏 들어도 족히 서넛은 되는 듯했다. 엄마의 목소리도 있었다. 엄마, 하고 연주는 부르려 했는데 소리가 나오지 않았다. 다시 힘을 짜냈다. 몇 번을 불렀고, 부를 때마다 목소리가 커졌다. 정란은 답하지 않았다. 연주는 계속 엄마를 불렀다. 힘은 점점 빠지고 무기력과 졸음은 점점 심해졌으나 분노가 더 셌다. 어떻게 나를 모르는 척할 수 있지? 연주는 분노한 만큼 더 바닥을 기었다. 어떻게 내 목소리를 못 들을 수 있지? 평생 그렇게 내 뒤꽁무니를 잘도 쫓아다녔으면서!

여섯 번쯤 엄마를 불렀을 때, 테이블에서 누군가 뛰어나왔다. 수창이었다. 나이 든 남자의 얼굴을 보고 연주는 여태 낸 것보다 두 배는 더 큰 소리를 냈는데, 그건 정말로 놀랐기 때문이다.

"이수창!"

이제야 연주의 목소리를 들었는지 테이블 쪽에서 다른 머리
들이 불쑥 튀어나왔다.

*

"생각보다 상처는 안 깊어. 이 정도로는 절대 안 죽어. 따님이
엄살이 많네요, 정란 씨."

애진이 쾌활하게 웃으며 연주의 배에 난 상처를 톡톡 두드렸
다. 애진의 지휘로 배에 성인용 기저귀를 감싸고 그 위에 허리
치료용 복대까지 두른 연주는 민망해져 시선을 이리저리 굴렸
다. 정란 쪽을 흘끗 보았으나 어찌나 무섭게 노려보던지 깜짝
놀라 얼른 고개를 바닥으로 처박았다. 정란이 수창을 옭아매느
라 팔다리를 더 못 쓰는 게 다행이었다.

"가방이 왜 이리 큰가 했더니 온갖 게 다 들어 있었구나. 그런
데 어째요, 출근을 못 하시게 됐으니. 간병인이 없으면 불쌍한
할아버지인지 할머니인지는 보살펴 줄 사람이 없을 텐데."

"내가 오늘 가서 다 뒤집어 줘야 하는데……. 내가 돌보는 노
인네들 전부 자식새끼 하나 코빼기도 안 비치거든. 나 없으면
안 되는데. 조금만 게을러도 욕창이 생긴다고요." 애진은 그렇

게 말하고는 한마디 덧붙였다. "노인네들 수발을 들다 보면 냄새가 몸에 배서 사람들이 슬슬 피하던데. 여기 오니 이 뭐야, 소스 냄새? 그게 진해서 마음이 편하더라고요. 나한테 냄새 안 나지, 아가씨?"

연주는 얼른 고개를 저었다. 빈승은 연주를 멀거니 바라보았다. 엄마를 죽음의 방향으로 쫓은 비정한 딸이었다. 칼을 맞은 것도 죗값을 받은 거라고 생각했다. 정란의 눈치를 살살 살피는 꼴을 보자니 화가 치밀어 올랐다. 빈승은 마음속으로 정했다. 정말로 총을 쏘아야 한다면 늙은 남자와 정란의 딸은 빼놓으면 안 된다고.

그보다 먼저 할 일은 지금 칼을 휘두르고 있다는 여자를 처리하는 일이었다. 절대 밖으로 내보내서는 안 되었다.

-그러니까, 이게 마지막 실험이어야 했던 거예요. 그렇지 않았다면 어떻게 누군가의 본모습을 볼 수 있었겠어요?

미미의 말에 수긍할 수밖에 없었다. 미미가 제안했던 '실험실 폐쇄와 그에 따른 실험용 동물의 반응 관찰'이란 과제에 빈승이 내내 가졌던 공포와 죄책감을 미미가 몰랐을 리 없다. 다 알았으니까. 항상 빈승의 생각을 그대로, 아니, 빈승보다 먼저 파악하고는 했으니. 미미는 빈승의 삶 전체에서 가장 대단한 존재였다. 실험실 철거 명령을 따른 것도 그래서였다. 빈승은 미미를 거역할 수 없었다. 절대로 미미를 잃을 수 없었다.

미미가 원망스럽지 않은 건 아니었다. 진짜 쏘든 쏘지 않든 짐을 지는 자체가 힘들었다. 그러나 이제 미미 없이는 살 수 없단 사실도 잘 알았고, 미미가 자신을 택했다는 게 자신을 살게 하고 바로 세운다는 사실 역시 누구보다 잘 알았다.

"누군가요? 칼을 휘두른 여자가."

빈승의 물음에 연주는 소스라쳤다. 아프다고 끙끙 앓으면서도 내내 빈승의 눈치를 살피던 참이었다. 사람들이 그가 들고 있는 총을 못 본 척 구는 걸 믿을 수 없었다. 대체 무슨 생각인 걸까? 연주는 사람들을, 특히 정란과 수창을 보며 생각했다. 거구의 모친과, 연주가 아는 한 가장 지독히 사람을 괴롭히던 담임. 둘이 힘을 합치면 총만 들었지 작고 마른 남자 하나 제압하는 건 일도 아닐 듯한데, 왜 그러지 못하는 걸까.

"누구예요?" 재차 묻는 빈승 때문에 연주의 뱃속이 울렁거렸다. 여기저기 총을 빵빵 쏘아 대면서 사람들을 위협한 남자다. 무엇 때문에 저리 당당할까. 혹시 자신이 일종의 정의 구현을 하고 있다고 착각하는 게 아닐까? 아니면 그저 이 공간에서 가장 큰 권력을 가진 이가 되고 싶어 안달하는 것일까?

어느 쪽이든, 일단 자신을 찌른 상아를 벌하는 게 먼저라고 연주는 생각했다.

"배 나온 여자였어요." 연주가 말했다. "펑퍼짐하고 화려한 무늬의 원피스를 입은, 임신한 여자……. 저만 칼을 맞은 게 아니에요. 다른 사람들도."

빈승은 화가 났다. 주방에서 대화만 몰래 듣던 때가 그리웠다. 미미가 필요했다. 미미가 기준을 세워 줬으면. 이 상황을 어떻게 해결해야 할지, 누구도 죽이지 않고 마무리 지을 수 있을지, 이미 칼을 맞은 사람들이 있는데 어떻게 해결해야 할지…….

미미는 대답이 없었다. 가끔은 너무 발랄하다 싶을 정도로 말이 많았는데, 가장 필요할 땐 침묵하다니. 주위를 휘휘 둘러보았다. 자신의 눈빛이 마구 흔들리는 것을 자각하지 않을 수 없었다. 자신을 향한 모든 시선이 족쇄처럼 느껴지기 시작했다. 네가 어떻게 수습하는지 지켜볼 거야, 라고 말하는 듯한 눈빛. 네가 센 척하는 평범한 인간인지 아니면 진짜 무언가를 뒤엎을 위인인지, 확인하겠다고 을러대는 듯한.

"원피스를 입은 임신한 여자."

빈승은 총을 부러 턱 쪽으로 올려 잡으며 말했다. 그러고는 사람들을 향해 총구를 들이밀었다. 사람들이 외마디 비명을 질렀으나 빈승은 쏘지 않고 말했다.

"다 앞장서요. 내가 마지막으로 갈게요. 여기 남는 사람 없도록."

응징은 일단, 칼 들고 설치는 여자를 처리한 후 해도 좋을 것이었다. 미미도 그런 방식을 원하리라. 미미는 '착한 사람'이니까.

절대 잃을 수 없는.

*

바닥에 흥건한 토사물에는 상아의 것까지 더해졌다. 이제 모두가 더러워졌다. 성미는 케첩 묻은 감자튀김처럼 몸 여기저기에 토사물을 매단 채 굴러댔다. 7년 동안 20킬로그램에 가까운 온갖 샘플 유니폼을 매일 어깨에 짊어지고 거래처를 나다닌 덕을 보는 걸까. 하나도 힘들지 않았다. 반면에 상아와 민경은 사지를 써서 일한 적 없는 샌님인 게 빤했다. 그래서인지 딱히 기쁘지는 않았다.

손에 칼을 쥐고 있었음에도 성미는 자신이 누군가를 찌를 수 있단 생각은 못 했다. 먼저 공격한다면 버텨 낼 수는 있었다. 그건 성미의 평생을 지배한 의지이자 믿음이었다.

"테이블당 하나씩만 살 수 있다고 했죠?"

성미는 남이 시키는 걸 잘했다. 7년간 온갖 모욕과 모멸을 감내했다. 야근 수당이 없이 밤 열두 시에 퇴근해도, 명절 보너스

는커녕 스팸 한 상자 받지 못해도 묵묵히 견뎠다.

벌벌 떨고 있는 상아에 대해서는 조금 안타까운 마음이 들었다. 가뜩이나 출산율도 저조한 대한민국에서. 하지만 먼저 칼을 휘두른 것은 상아였다. 그를 닮은 아이가 태어난다면……. 안 태어나느니만 못하다고 성미는 생각했다.

"누가 나가야 이 사회에 더 이로울지 생각을 좀 해 보는데, 아무래도 당신은……."

성미는 여자를 뭐라 불러야 할지 몰랐다. '당신'은 어색한 호칭이 아닌가 싶었다. 그래서 떠올린 게 '아줌마'였다. 하지만 성미가 아는 그녀들은 엄마뻘인 미싱사들이었다. 가는 귀가 먹어 소리쳐야만 말을 알아듣는 사람들. 반면에 상아는 척 보기에도 비싼 옷을 입고 있었다. 성미는 눈이 좋았다. 짝퉁이 아니라는 확신이 들었다. 어디가 하청을 맡았으려나. 원가는 얼마려나.

이번에는 민경 쪽을 돌아보았다.

"나 대신 네가 나가면 회사 일은 누가 해. 할 줄 아는 게 없잖아. 혼자 발주를 넣길 해, 샘플을 볼 수 있길 해. 다 못 하잖아. 그러니까 내가 나가야 해."

그 말에 민경이 기가 막힌다는 표정으로 성미를 바라보더니 소리를 지르기 시작했다. "그렇게 따지면 씨발, 전문대 졸업생보다 스카이 석사 졸업한 내가 나가야지. 코딱지만 한 회사가 뭐가 중요하다고. 나는 그런 데 말고 더 큰 회사, 이 사회에……. 안 그래요, 언니? 나랑 동문이잖아! 이거……." 민경이 상아의 손을 잡고는 마구 흔들었다.

"동문 반지, 꼈잖아요!"

상아는 성미의 눈을 피해 얼른 손을 뒤로 숨겼다. 남편의 반지지만 학부모 모임이나 학원 상담, 과외선생 면접 같은 아이와 관련된 일이거나 중요한 만남이 있을 때 항상 이 반지를 착용했다. 꼭 알아주길 바라는 건 아니었고, 일종의 부적이었다. 알아봐 주면 기뻤지만. 그래서 나문시 출신이 아닌 엄마들 사이에서 상아가 스카이 출신이라는 소문이 도는 걸 알면서도 굳이 바로잡지 않았다.

이번 일도 그랬다. "자기 진짜 놀랐겠다. 애 사춘기가 세게 와서 어떡해. 자기는 공부만 했잖아." 그렇게 말하며 주동자 아이의 엄마가 상아의 반지 낀 손을 잡았을 때, 상아는 자신이 지방대 출신임이 알려지면 어떻게 될지 상상하며 식은땀을 닦아야 했다.

"둘이 동문이에요?"

성미가 물었다. 아니라고, 전혀 관련이 없다고 해야 했다. 하지만 긴장해서 말이 밖으로 안 나왔다.

상대는 말을 질질 늘였다. "그렇구나아, 세상에. 어떻게 이럴 수 있어요? 학벌 좋은 인간들은 다 그래요? 원래 다른 사람들을 자기 아래라고 생각해요? 그래서 죽어도 괜찮다고? 쟤는 그랬거든. 30년 일한 사람들도 멍청하다고 비웃고. 당신도 그렇게 생각해요? 이렇게 아무나 푹푹 찔러댈 만큼?"

"아니에요. 오해예요, 절대 그렇지 않아. 저 이 학교 출신 아니에요."

절박함이 긴장을 이겼다.

"그 말을 어떻게 믿어요?"

왜냐하면, 아니니까. 상아는 그렇게 말하려 했다. 그럼 오해가 풀리겠지. 하지만 살아서 나간다면 자신이 명문대가 아닌 지잡대 출신인 걸 모두가 알게 될 것이다. 상아의 머릿속은 현기증이 날 만큼 팽팽하게 움직였다.

진실을 말하고 당장 자신을 보호할 것인가. 아니면 진실을 숨기고 미래를 도모할 것인가. 상아는 열심히 눈을 굴렸으나 도저히 결정할 수가 없었다. 그래서 생각의 방향을 전환했다. 누구에게 자신의 잘못을 뒤집어씌울 수 있을까. 혹은 누구와 공모하여 '동료'로 만들 수 있을까. 바로 답이 나왔다.

상아는 칼을 들고 있는 성미에게, 자신은 지방 전문대를 나왔고 지독한 학벌 콤플렉스에 시달려 명문대 반지를 끼고 다녔다고 털어놓았다. 긴 이야기가 될 줄 알았는데 생각보다 간단해서 스스로도 놀랐다.

"나도 알아요, 그런 개 같은 기분. 난 열심히 살았는데 뭣도 아닌 것들이 무시하잖아. 애까지 있으니 얼마나 힘들었겠어요."

의외로 성미는 쉽게 호응했고 상아는 얼른 장단을 맞추었다.

"서울 새끼들이 뭘 알아."

"그렇지."

거의 다 온 듯했다. 오랜 시간 남편의 비위를 맞추며 살아온 상아에게 권력자의 표정을 파악하는 건 쉬운 일이었다. 칼을 쥔 여자를 어떻게 불러야 하나? '당신'은 왠지 하대하는 것 같다. 절대 쓰지 말아야지. 지금껏 살면서 사용한 호칭을 빠르게 복기해 보았다. 혈연을 제외하면 몇 없었다. 선배, 후배, 아줌마, 누구누구 엄마, 그리고 사모님. 이 중 뭐라고 해야 하지?

그러나 호칭을 정하기도 전에 다른 무리가 우르르 들이닥쳤다.

04

빈승은 초조했다. 미미의 도움을 받아 상상했던 장면과 눈앞에서 벌어지는 상황은 너무나 달랐다. 주저하는 빈승에게 미미는 누가 들어도 그럴듯한 방안을 제시했었다. 깔끔하게 희생양을 정하고, 하나씩을 조용히 처분하고, 남은 사람과 철저히 공모하여 끽해야 5년 정도 구형받는 것.

- 내가 빈승에게 나쁜 결과를 가져올 리 없잖아요. 왜 나를 믿지 못해요?

촉촉하게 물기가 어린 미미의 목소리를 들으면 절대 모진 말을 할 수 없었다. 실제로 미미 덕에 빈승은 죽지 않고 번듯하게 살고 있었으니.

빈승은 나이프를 손에 든 성미를 바라보았다. 옷에 토사물이 잔뜩 묻어 있는 걸 보자 화가 치밀었다. 가게 구조상 환기가 쥐약이었다. 맛있는 음식 냄새도 오래 맡으면 구역감이 드는데 토사물이라니, 남의 업장에서 무슨 행패인가! 얼굴이 뜨거워졌다.

"토를 하셨네. 손님이……. 술집도 아닌데."

칼을 내려놓으라고 소리치려 했는데, 그 말이 먼저 나왔다. 모두가 빈승을 쳐다보았다. 두려운 표정이 아니라 놀라는 기색이었다. "그렇지, 내일도 장사하셔야 하는데 냄새가 안 빠지면 곤란하지." 정란이 말하자 애진도 거들었다. "냄새 빼는 데는 내가 전문이지요." 금세 주도권이 그 둘에게로 향했다.

"하긴 그렇겠다. 어르신들 냄새가 오죽 심할까."

"청소하고 얼룩 지우는 것도요. 내가 다 알려 줄 수 있어."

"그래요. 그럼 사모님이 이따 알려 주면 되겠다. 상황 좀 정리되고 나면."

"나 사모님 아니라니까 그러네."

"아이고, 다 사모님이죠. 이 작자 마누라만 사모가 아니고."

빈승은 총을 들지 않은 손으로 머리카락을 헤집었다. '내일 장사'. 그렇구나.

그러고 보니 식자재 발주를 취소하지 않았다. 심지어 평소보다도 더, 아주 많이 샀는데. 왜 그랬지? 머리를 쥐어뜯었다. 오늘이 마지막 장사란 걸 알면서도 왜 그런 실수를 저질렀을까? 주문이 습관이 된 자신은 그렇다고 쳐도 미미는, 실험실 폐쇄를 지시했으면서 자신을 말리지 않았단 말인가. 가뜩이나 여름 가뭄이 지속되어 농산물 가격이 폭등한 상태였다. 청과시장이 곡소리로 가득하다고 했다. 그런데도 비싼 채소를 엄청나게 주문했다는 사실이 떠올랐다.

미미가 왜 말리지 않았을까?

설마, 실패를 예상하고?

"아까워."

빈승이 중얼거리자 정란이 바짝 다가섰다. "응? 뭐가. 뭐가 아까워요?" 빈승은 대답하지 않고 얼굴을 찌푸리며 생각에 집중했다. 미미의 답을 원했다. 미미가 설명해 주기를 바랐다. 다 알고 있는 미미가. 빈승의 과거와 현재와 미래를, 소망과 절망을, 바닥과 정상을 모두 꿰뚫고 있는 미미가.

미미가 자신을 믿지 않았으리라고는 생각하고 싶지 않았다.

어쩌면 미미 역시 자신이 누군가를 쏘길 바라는 건 아닐지도 모른다. 빈승은 퍼뜩 짐작했다. 미미도 나처럼 상처가 많았을 테니까. 아마도 이곳에서의 대화를 엿들으며 환멸에 휩싸였겠지. 그래서 홧김에 폐쇄를 정했을 것이다. 그러고 나서는 후회하지 않았을까. 충분히 가능한 일이었다. 빈승 역시 후회하고 있으니까.

미미는 빈승의 가난을 이해해 주었다. 더 이상 돈 걱정 안 하고 살 수 있는데도 식재료 값을 일일이 따지며 벌벌 떠는 빈승을. 그런 미미라면…….

미미, 대답해 줘. 빈승은 팔다리에 힘을 꾹 주었다. 이렇게 하면 미미가 나타나곤 했다. 계속해서 이름을 불렀다. 미미, 왜 가만히 있어. 얼른 말해 줘. 내가 사람을 죽이기를 원치 않는 거지? 맞지? 너는 선하잖아. 다정하잖아. 지금 너도 후회하고 있는 거지?

여전히 답은 없었다. 조금씩 입 밖으로 소리가 새어 나왔다. 괜찮아. 화내지 않을게. 누구나 실수를 하는걸. 내가 어떻게 너한테 화를 내. 무엇보다, 우리는 알잖아. 같이 있었으니까. 우리가 아무리 큰 실수를 한다고 해도 우리보다 더한 새끼들은 차고 넘치잖아. 우리랑 달리 그놈들은 정말로 악의를 가지고 있단 거, 알잖아. 일부러 남을 속이고 음해하고 상처를 준다는 거. 미미, 대답해 줘. 후회하는 거야? 원하지 않는 거야?

이상한 일이었다. 미미는 수다쟁이였다. 눈치가 빨라 빈승이 바쁠 때는 잠시 조용하다가 조금만 무료하거나 외로울 땐 즉각 나타났다. 특히나 이름을 불렀을 땐 한 번도 응답하지 않은 적이 없었다. 왜 지금은 아무 말이 없단 말인가.

빈승이 동작을 멈춘 이후 가장 먼저 움직인 건 상아였다. 상아는 양손에 나이프를 들고 있는 성미에게 가서는 속삭였다. "……귀에 이어폰이 있는 건가요? 통화하는 거야?"

"아무것도 없는데."

"그럼 갑자기 왜 저러죠? 누구랑 얘기하는 거야……, 정신병자일까요?"

성미는 상아를 보았다. 성미에게 친근한 척하려 들면서도 토사물이 묻은 성미의 옷에는 절대 닿지 않기 위해 두 손만 내민 채 새우처럼 구부린 등과 비굴한 얼굴을. 방금 자신도 속을 게워 냈으면서.

수창은 빈승의 눈빛이 흔들리고 당황한 기색이 역력해지고서야 조금 정신 차리며 생각했다. 저런 부류를 잘 안다. 세상이 제 것인 양 날뛰는. 매가 제일이지만 요즘에는 조금만 손을 봐도 폭력이니 뭐니 말이 많다.

당장 문제는 자신의 편이 하나도 없다는 점이었다. 정란과 애진이 최악이다. 두 사람은 한 팀처럼 굴었다. 그나마 나이대가 비슷한 둘도 그럴진대 젊은 여자들은 오죽할까. 하나하나 얼굴을 뜯어볼 때마다 빌어먹을 동기들의 얼굴이 겹쳐 보였다. 이러니까 대한민국의 미래가 어두운 거지. 너무나 컴컴하네.

그나마 가능성이 있다면 제자였던 연주가 아닐까. 엄마인 정란의 시선이 최대한 닿지 않는 곳에 떨어져서 떨고 있는. 부모와의 불화는 누군가 끼어들 여지가 많다는 뜻이기도 했다. 숱하게 보았다. 몸은 어른이지만 마음은 아이인, 가장 쉽게 구슬릴 수 있는 부류다. 예전에 어린 아내에게 그랬던 것처럼.

수창은 몸을 움직였다. 팔꿈치 부근을 가볍게 건드리니 연주는 화들짝 놀라 몸을 뒤로 조금 뺐다.

"혼자 나가도 괜찮지?"

수창이 속삭였다. 대번에 연주의 눈이 둥그레졌다. 수창은 다시 말했다.

"엄마 없이, 혼자 살아도 괜찮지? 아니, 혼자 살고 싶지?"

연주는 답하지 않았다. 그러나 수창의 얼굴에 시선을 고정하고는 입술을 달싹거렸다. 수창은 속으로 쾌재를 불렀다. 그렇지.

　"같이 나가자. 나갈 수 있어. 여긴 사람이 많으니까……." 네 개의 테이블, 여덟 명의 사람. 오래 교직 생활을 한 수창은 여덟은, 한 사람이 한 시야에 둘 수 없는 숫자임을 알았다. "우리가 정신만 차리면. 제정신 같지는 않잖아?" 빈승 쪽을 턱짓하며 덧붙였다. "총도 제대로 모르는 놈이야. 쏠 줄은 더더욱. 여기저기 되는 대로 갈기고만 있지 뺏으려고 달려들어도 제대로 방어 못할 거라고."

　"정말요? 못 쏠 거 같아요?"

　연주가 수창 쪽으로 얼굴을 돌리면서 말했다. 그러고는 뾰족한 혀로 얇실한 입술을 천천히 핥았다.

　"장담해."

　그러고는 연주의 귀에 속삭였다.

　"남자는 젊은 여자한테 약해. 살살 구슬려 봐. 예쁜 아가씨가 하면 특히 실패가 없지."

　"뭐라고 하면 좋을까요? 다 살려 달라고?"

　의외의 물음이었다. '다 살려 달라'고?

　모두가 살아 나가면 어떻게 될까? 분명 뒷말이 돌 것이다. 수업에서 애진의 얼굴을 어떻게 볼까? 애진이 동기들에게 오늘 일을 까발리면? 수창의 거짓말이 임기응변이었다는 사실은 쏙 빼놓겠지. 아내는? 괘씸한 아내를 뉘우치게 만들고 싶었다. 그러려면 무조건 사지에서 간신히 돌아온 남편이어야 했다. 이 상황이 아무것도 아니게 되는 결말은, 수창에게는 아무 득도 남기지 않을 터였다.

가해자와 피해자가 반드시 필요했다. 총이든, 칼이든 누군가가 휘두르고 누군가가 다쳐야 했다.

05

미미가 이렇게 오래 침묵한 적은 없었다.

빈승은 입 밖으로 소리를 내기 시작했다. "미미, 미미." 불안감에 몸이 떨렸다. 세상에 혼자만 있다는 느낌이 들었다. 미미가 찾아온 후로는 한 번도 느끼지 못했던 감각이 집채 같은 고래처럼 빈승을 덮쳤다.

설마 나에게 모든 짐을 지우고 도망친 걸까.

하지만 이내 생각을 고쳐먹었다. 그럴 리 없다. 미미는 그런 사람이 아니다.

그렇다면 내가 뭔가를 잘못해서, 가르쳐주려는 걸까.

그것도 이상했다. 지금껏 미미는 언제나 빈승에게 조곤조곤 설명해 주곤 했다. 다정하고 침착하며 인내심 있게.

빈승은 사람들을 휘 둘러보다 나이프를 든 성미보다 자신의 손이 더 떨리고 있음을 알아챘다. 무언가 해야만 했다. 떨리는 손을 감추기 위해, 태연자약해진 실험체들을 뒤집기 위해, 무엇보다 미미를 돌아오게 만들기 위해. 상황이 달라지면 미미가 돌아올 수 있겠지. 뭔가를 아주 잘하면 칭찬하기 위해 오고, 반대로 아주 잘못하면, 바로잡기 위해 와 주지 않을까 싶었다. 둘 중 어느 쪽이 더 효과적일까? 스스로에게 물었다가 고개를 흔들며 바보 같은 자신을 탓했다. 평생 무얼 '잘한' 적이 없었는데 지금 와서 가능할 리가. 그럼 실패해야 했다. 두 눈 뜨고 볼 수 없을 지경이 되면 미미가 득달같이 달려올 거다. 처음 빈승을 찾아왔던 때처럼.

"저기요."

빈승은 울음을 삼키며 입을 열었다. 모두가 빈승을 멀거니 쳐다보았다. 빈승은 마른침을 삼켰다.

"……내가 여덟 분 다 살아서 나가게 만들어 주면, 없던 일로 해 줄 겁니까?"

침묵이 내려앉았다. 숨소리만 들리고 누구도 대답은 하지 않았다. 빈승에게는 예, 아니오가 중요하지 않았지만. 당황한 사람들이 눈동자를 굴리고 서로를 힐끔댔다. 예상과 달리 즉각적인 반응은 나오지 않았다. 빈승은 한 번 더 침을 꿀꺽 삼켰다. 혹시 귀가 멍해져서 미미의 말이 들리지 않나 싶어 침을 몇 번 더 삼켰다. 재차 물었다. 미미에게 들릴 정도로 크게. "여, 여덟 분 중 넷 고를 것 없이, 다 나, 나가게 해 준다면요. 그럼 다 잊…… 잊고 집에 돌아가실 거, 예요? 돌아가셔서, 평소처럼, 평소처럼…… 살 거냐고요. 용서하고…… 서, 서로 아무 일도 없었던 것처럼……."

"잠깐."

누군가 빈승의 말을 잘랐다.

"여덟 명이 아닌데, 지금."

수창이었다. 빈승은 급히 사람 수를 헤아렸다. 정말로 여덟이었다. 누가 빠진 거지. 1번 테이블 노인 둘, 출석. 2번 테이블 모녀 둘, 출석. 4번 테이블 회사원 둘, 출석. 그런데…….

"3번 테이블에 똑같은 옷을 입은 여자 둘이…… 있어야 하는데……." 빈승은 상아를 바라보았다. "같이 온 사람, 어디 갔어요?"

도망친 걸까. 그럼 어디까지 갔을까. 불안감이 몰려왔다.

상아는 유진을 의식하지 않을 수 없었다. 성미에게 나이프를 뺏긴 이후부터 내내 헤아려 왔다. 자신이 유진을 찌른 현장을 목격한 건 누구누구인가. 그들의 입만 막으면 죄를 숨길 수 있을 터였다. 유진이 자해공갈을 했다고 할 수도 있고, 나는 전혀 모른다고, 테이블을 빠져나올 때 분명 멀쩡했다고 증언할 수도 있었다. 어쨌든 살아남는다면 이전과는 모든 게 달라지리라. 딸은 소중한 또래 집단에서 힘을 얻을 것이고, 엄마를 대하는 태도도 변할 거라 확신했다.

잠깐. 상아의 머리가 바삐 돌아갔다. 모든 사람이 멀쩡히 귀가한다면 오늘 일은 작은 소동 정도로 치부될 게 분명했다. 사람이 열 명, 스무 명씩 죽어 나가도 눈 하나 깜짝 안 하고 키보드를 두드리는 사람이 우후죽순 늘어나는 판국에 어느 지방 도시에서 벌어진 아무도 죽지 않은 인질극 해프닝에 누가 주목할까. 엄마들은 위로하는 듯 깍깍댈 테지만 거기까지일 것이다.

그러니 총을 든 남자가 반드시 누군가를 죽여야 했다. 상아 자신이 아닌.

누구를?

"같이 온 친구, 어디 갔어요?"

빈승이 재차 상아에게 물었다. 그의 고개는 좌우로 사정없이 움직이고 있었다. 움직임을 참느라 이를 앙다물었으나 효과는 없어 보였다.

"나도 몰라요. 나도……. 나는 테이블에서 나온 지 오래됐단 말이에요."

"친구를 버리고 나왔다고?"

"친구 아니에요……." 상아는 주변을 불안하게 둘러보다가 한 얼굴에서 시선을 멈추었다. 배에 요상한 천을 덧대고 있는 연주였다. 이목구비는 기억나지 않았지만 자신이 찔렀던 여자가 왜소했던 건 확실했다.

여자는 상아가 유진을 찌른 현장을 목격했을 수도 있다. 그러니 입을 열지 못하게 해야 했다.

"내 옷 따라 입고 온 개가 저분을 찔렀어요. 난 그걸 보고 도망쳤고요."

상아가 연주를 가리키자 연주는 움찔했다. 빈승이 연주에게 물었다. "아까 누가 찔렀다고 했죠?"

"원피스를 입은……."

"원피스 입은 임신한 여자. 그래, 기억나요." 빈승이 물으며 상아를 가리켰다. "저 여자 아니에요?"

연주가 고개를 끄덕이려는 찰나 상아가 소리를 쳤다.

"아니야!"

목소리가 갈라졌다.

"내가 아니라 내 옆에 있던 여자. 뚱뚱한 여자. 그 여자가 찌른 거예요. 내가 아니야!"

상아는 진주 붙인 손톱으로 머리를 헤집으며 소리쳤다. "3번 테이블에 가 보면 알 거 아니에요. 그 여자인지 아닌지, 보면 알 거잖아!"

06

뱅상 식탁의 주방은 조도가 아주 높았다. 실험실에서 사용한다고 해도 수긍할 만큼 창백한 형광등 아래에서, 이곳을 찾은 이들은 주방이 병적으로 깨끗하다는 사실을 확인할 수 있었다. 그에 반해 복도에는 빛이 거의 없다시피 했다. 테이블 쪽 조명 또한 은은한 간접조명이었다. 그게 의도적인 설계라고 여기는 손님들도 있었다. 특이한 운영 방식과 건조한 주방에 압도당해 복도에 들어서자마자 긴장과 함께 정신 줄까지 놓을 때가 잦았으니까.

반대로 식사를 마치고 나오는 손님들은 주방 문을 열자마자 쏟아지는 광량에 눈을 찌푸리며 재빨리 지나가기 일쑤였다. 도저히 눈을 뜰 수 없어 서로의 팔뚝이나 손 따위를 붙잡고 의지했다. 끝까지 자기 마음을 말하지 못한 이들을 위한 마지막 기회일지도 모릅니다, 하고 어느 맛집 블로거는 로맨틱한 해석을 했다. '눈 따갑고 살풍경한 현실로 돌아오기 전 마지막 기회를 주는 것이지요.'

살풍경한 현실.

3번 테이블의 유진이 사라진 걸 확인한 이들은 너나없이 주방 쪽으로 뛰었다. 주방 문에 가장 먼저 도착한 건 빈승이었다. 그러나 빈승은 곧장 문을 열지 않았다. 무언가를 기다리는 듯도 했고, 지친 나머지 곧 잠들 것처럼도 보였다. 문을 열어젖힌 건 상아였다.

문이 열리자 쨍한 빛이 방문자를 맞았다. 모두 눈을 찡그리는 사이 수창은 가슴팍에 걸어 놓은 선글라스를 빼내어 썼다. 덕분에 엉망진창이 된 주방을 가장 먼저 확인할 수 있었다. 어지러이 찍힌 피 묻은 손자국과 발자국은 물론, 서랍이란 서랍은 죄 열려 있었으며 온갖 집기가 튀어나와 있었다. 한마디로 난장판이었다.

사람은 없었다. 출입문 쪽으로 눈길을 돌렸으나 커다란 조리대 때문에 핏자국의 향방을 알 수가 없었다. 그걸 확인하기에 수창은 간이 작았다. 비로소 밝은 빛에 적응해 실눈을 뜨기 시작한 이들을 향해 혼잣말하는 양 중얼거릴 뿐이었다.

"사람이…… 없는 것 같은데요. 아무래도."

뭔가 단단히 잘못되었다는 생각에 저절로 존댓말이 튀어나왔다. 한배를 탄 줄 알았는데, 누군가 먼저 빠져나갔다는 확신이 들었기 때문이다.

이 사실을 알게 되면 괴한이 어떤 짓을 저지를지, 그리고 남은 이들은 무슨 마음을 품을지 수창은 예상할 수 없었다. 자신부터 이곳을 나가야겠다는 생각보다 분노가 먼저 차오르고 있지 않은가.

무사히 이곳을 빠져나갔는데도 혼자만 살겠다고 신고도 안했다고? 어떻게 그럴 수가?

가장 격하게 반응한 건 상아였다. 상아는 괴성을 내지르며 그대로 출입문 쪽으로 달리더니, 사람들이 그 속도에 놀라기도 전에 밖으로 사라졌다. 저렇게 쉽게 나갈 수 있다고? 당황한 사람들이 몇 초간 주춤대는 사이 빈승이 정신을 차렸다.

빈승은 주방 벽과 바닥, 집기와 냉장고를 향해 아무렇게나 총을 쏘았다. "나가면 죽어!" "나가는 사람은 다 죽일 거라고!" 소리 지르면서 출입문을 향해 비틀비틀 걸었다.

이상하지. 처절히 실패하고 있는데, 미미는 돌아오지 않고 있었다.

*

핸드폰을 찾겠다는 미련한 생각을 왜 했을까. 유진은 후회했다. 그 힘을 아꼈다면 1층까지라도 수월하게 내려갔을 텐데. 일단 신고부터 해야 한다는 마음이 먼저였다. 구시가지에서 나고 자란 유진에게 뱅상 식탁이 자리한 서현지구는 삭막한 유령도시로 느껴지곤 했다. 그래서 피를 질질 흘리며 보도블록 위를 기어도 죽은 후에나 발견될 것 같단 불안감이 있었다.

그년이 정말로 찌를 줄이야. 숨이 잘 쉬어지지 않았다. 한 시간 전만 해도 몰랐는데, 몸을 수그리고 있는 자신에게는 엘리베이터 버튼이 너무 높이 있었다. 몸을 일으킬 힘이 부족했다.

상아가 자신을 찔렀다는 사실을 어떻게 증명할 수 있을까. 나이프에는 많은 지문이 묻어 있을 것이다. 경찰들이 유진의 말을 선선히 믿어 줄까? 전과는 없어도 여러 번 경찰서를 오간 자신을. 그것만이 아니다. 사는 곳, 남편의 직업 등 모든 게 불리했다. 게다가 상아는 임신 중이지 않은가.

목격자가 있긴 했다. 상아는 그 여자를 향해서도 달려들었다. 유진은 칼을 휘두르는 상아의 뒷모습을 보고서는 눈을 질끈 감고 죽은 시늉을 했다. 그러지 않았다면 이미 이 세상 사람이 아니었을 터였다.

"죽을 때 죽더라도 그년은 빵에 넣고 죽는다."

유진은 중얼거리며 손끝을 뻗어 아래로 가는 버튼을 눌렀다. 피를 많이 흘려서인지 힘이 들어가지 않아 몇 번을 실패했다. 남의 집에 갈 때마다 엘리베이터 버튼 누르기를 좋아하던 아이가 떠올랐다. 엄마인 유진이 먼저 누르면 서럽게 울고는 했다. 그럴 때마다 무섭게 야단쳤다. 아파트에 살 수 없는 엄마를 탓하는 것 같아서.

마침내 아래 방향의 버튼을 누르는 데 성공했다. 지하층에 멈추어 있던 엘리베이터가 천천히 올라왔다.

그러나 엘리베이터가 9층에 도착하기 직전에 별안간 무엇이 유진의 발목을 붙잡았다. 유진은 비명을 질렀다. 너무 놀라서 아픈 줄도 모르고 고개를 돌렸다.

"어딜 도망가."

상아였다.

유진은 유진대로 다리를 있는 힘껏 차려 노력했다. 둥글고 거

대한 배. 상아의 배를 힘껏 걷어찰 수 있다면 밖으로 나갈 수 있으리라. 그러나 생각보다 큰 통증과 출혈 탓에 힘이 부족해 결국 질질 끌려가야 했다. 어느 순간부터는 다른 목소리도 들리는 듯했다. 피를 너무 많이 흘려서 환상이 보이나? 유진은 생각했다. 드디어 엘리베이터가 도착했으나 곧 문이 닫혔다. 유진은 비명을 지르려 했으나 쉰 소리만 나왔다.

*

상아는 유진을 주방으로 질질 끌고 들어갔다. 유진의 원피스 자락이 허리까지 올라가 속옷이 드러났다.

"이 사람이에요. 이 여자가 칼로 사람들을 공격했다고요. 어머니, 들리세요? 따님 공격한 게 이 여자라고요."

"많이 다친 것 같은데……." 누군가 말했다. 유진은 대답하고 싶었다. 내가 연주를 찌른 게 아니라고, 상아가 거짓말을 하고 있다고. 그러나 소리가 나지 않았다.

상아가 나섰다.

"자기가 공격하고 나서는 대가리를 굴려 기어 나간 거예요. 피해자인 척하려고요. 동창이라 잘 알아요. 원래부터 질이 아주 나빴어요. 애들 때리고 괴롭히는 게 일이었던 애라고요. 완전

유명했어요! 사회악이라고요."

"둘이서 밥 먹고 있던 거 아니에요?"

어디선가 날아온 의심과 힐난이 담긴 물음에 상아는 대답했다.

"애 딸이 내 딸 괴롭혀서요. 엄마 닮아서, 왕따를 시키고 때리고 못살게 굴고 돈 뺏고. 집이 잘산다는 이유로. 그게 우리 애 잘못이에요?" 유진은 상아의 말에 깜짝 놀랐다. 상아는 울고 있었다. 진심으로 억울한 사람처럼.

상아는 어느 순간부터 진짜 그렇게 생각했다. 우리 애를 저 빌어먹을 모녀가 괴롭히고 있다고. 시기심 하나 때문에 작정하고 상처 입히고 있다고. 그런 생각을 하면 저절로 눈물이 났다. 자신이 지금 이 끔찍한 현장에서 울부짖게 된 것도 유진 모녀 탓이다. 태교에 얼마나 악영향을 미치겠는가. 상아는 뱃속에 있는 아이에게 미안해졌다. 태어나면 첫째의 두 배, 세 배 이상의 사랑을 줘야지. 태어나기 전부터 이런 추태를 목도해야 했으니 당연히 보상해 줄 작정이었다.

그래서 상아는 연주의 손을 덥석 잡았다. 놀란 연주가 몇 번을 벗어나려고 했으나 전부 실패했다. 별안간 자신의 손을 잡은 상아의 악력이 너무 세 한 손을 못 쓰게 되는 건 아닐까 걱정될 정도였다. 애 안아 키운 엄마의 힘은 웬만한 장사가 와도 이긴다는 정란의 말을 이젠 믿을 수 있을 것 같았다.

"쟤가 이곳의 유일한 범법자예요, 지금까지"라는 상아의 말에 연주는, 자신이 들은 단어가 '제가'인지 '쟤가'인지 헷갈렸다. "생판 모르는 남을 찔렀어요. 팔다리도 아니고 배를 푹. 살인미수를 저지른 사람을 밖에 내보내면 안 된다고요. 우리 동네에 이런 사람이 오간다는 거, 내 애 다니는 길에 있다는 거! 너무 끔찍하잖아요. 난 정말……." 상아는 다시 눈물을 흘리기 시작했다. "정말 끔찍해. 우리 애가 얼마나 고통받았는지를 생각하면 진짜……."

"배 나온 여자, 원피스 입은. 확실히 이쪽이 더 뚱뚱한가……." 빈승이 중얼거렸다.

"그러니까." 상아가 맞장구치며 다시 연주의 손을 비틀었다. 그리고 말을 이었다. "우리 서로 약속해요. 총 같은 거 다 잊기로. 아무도 안 다쳤잖아요. 그러니까 아무 일도 없던 것처럼 나가요. 하지만 피해자가 있으니까, 칼 맞은 분이 있으니까 그에 대한 처벌은 필요하겠죠. 여기 이 사람만 신고하는 걸로 해요. 밥 먹고 있는데 이 사람이 갑자기 칼부림했다고……." 빈승 쪽으로 고개를 돌리는 상아를, 연주는 물끄러미 쳐다보았다. "우리 다, 아무 말도 안 할 거예요. 나가서는 원래대로 살 거예요. 저 여자만……." 상아의 손이 널브러진 유진을 가리켰다. "범죄자 하나만 제외하고 나머지는 일상으로 돌아가요. 사장님도요."

'원래 살던 대로?'

연주는 돌아가고 싶지 않았다. 마침내 정란으로부터 해방되는 해피엔딩이 필요했다. 최악은 이 일로 평생 엄마에게서 벗어나지 못한 채 원망을 듣는 미래다. 연주는 오랜 세월 촘촘하게 죽음을 그려 왔다. 하지만 모든 죽음의 경우에 엄마가 있었다. 엄마가 먼저 죽을 거라고는 상상도 할 수 없었다. 그래서 도망을 모의했다. 도망친 곳에서 행복하리라는 보장은 없지만.

한 사람만 살린다며? 연주는 총 든 남자를 돌아보았다. 기대하게 만들었으면 책임을 져야지, 멍청하게 어깨나 떨고 있지 말고. 상아의 제안에 어찌할 바를 모르고 가만히 서 있는 사람들도 하나하나 뜯어보았다. 같은 옷을 입고 있는 40대 두 여자, 떡이 진 머리로 강력한 체취를 풍기고 있는 자신 또래의 두 여자, 그리고 부부도 아니지만 애인으로는 더 보이지 않는 장년의 남녀. 어떤 관계인지는 모르겠지만 어느 쌍도 서로를 위해 목숨을 내놓을 것 같지 않아 보였다. 물론 연주도 정란을 위해 희생할 마음은 없다. 그래서 정란의 얼굴은 보지 않고 건너뛰었다.

그때였다. 빈승의 귀에 처음 듣는 음성이 도달했다.

–엉망이라더니 정말이군.

빈승은 화들짝 놀라 몸을 뒤틀었다. 외부의 소리가 아니었다. 분명 자신의 머릿속에서 울리는 굵고 낮은, 남자의 음성이었다.

–아직도 미적대고 있는 거야, 왜?

"미미는?" 빈승은 참지 못하고 소리쳤다.

–쏘려던 참인데.

"뭐?"

–능력 없는 하청을 거르지 못했으니 책임을 져야지. 그렇지 않아?

빈승은 눈을 커다랗게 떴다. 그가 무슨 말을 하는 건지 곧장 이해되지 않았다.

–손쉬운 마지막 실험만 하면 된다고 했는데 그걸 못해서 질질 끌고 있으니, 원. 쏘아야지 별수 있나.

"쏜다고?"

–그 지경이 될 때까지도 우기더군. 자네가 할 수 있다고. 사이가 좋았나 봐?

빈정거리는 말투였다.

–하청을 오래 상대하고 마음을 주면 하청 수준으로 인지 능력이 떨

어지는 부작용이 가끔 생기지. 본디 진화는 어려우나 퇴화는 간단하거든. 편하니까. 그래도 일을 그런 식으로 하면 안 되지.

"할 수 있어."

-늦었어.

"할 수 있어! 지금 당장 해치워 버릴 수 있어!"

-일에는 기한이 중요해. 신속과 정확. 그걸 저버리면 곤란해. 원래 그렇게 애처럼 떼를 쓰나? 그러니 지금껏 이딴 식으로 살았겠지.

"아니야!" 빈승은 고함을 질렀다. 지금까지 머릿속 상대에게 육성으로 답하고 있다는 것도 몰랐다. 총을 어깨높이로 들어 올리고 방아쇠에 손가락을 걸었다. 방금까지와 다른 빈승의 분위기에 사람들이 바닥에 납작 엎드렸다. 뭐라고들 지껄이는 것 같은데 그들의 목소리는 들리지 않았다. 머릿속 남자의 껄껄대는 웃음 때문이었다.

"성공하면 살려 줄 거지." 빈승은 말했다. "미미의 잘못이 아니라고. 그러니 미미를 살려 줘!"

-글쎄, 실수를 저지론 하청을 어떻게 다시 믿을지. 영 신뢰가 가지 않아서.

"할 수 있다고. 살아서 나에게 돌아오게 해!"

-못 할 거잖아.

"할 수 있다고 말했어!" 빈승은 말하며 눈앞을 향해 총을 쏘았다. 무언가 잔뜩 깨지는 소리가 났다.

－눈물 나네. 이 광경을 미미가 봤으면 꽤 감동했겠는데. 잘 전해 주지.

"직접 볼 수 있게 해 줘."

－그건 자네 하기에 달렸어.

목소리는 담담히 응수할 뿐이었다. 빈승은 눈을 질끈 감았다 떴다.

*

빈승이 허공에 대고 소리 지를때, 사람들은 어찌할 바 몰라 몸을 웅크렸다. 성미는 자신의 바짓자락을 잡아당기는 손길에 바닥을 내려다보았다. 유진이었다. 무언가 말하려는 듯 성미에게 손짓하고 있었다.

성미는 유진을 알고 있었다. 같은 고등학교를 나왔기 때문이다. 유진이 한참 선배였으나, 유진과 유진이 속한 무리는 그 이상 유명했다. 졸업 후에도 몇 번이나 학교를 찾아와 행패를 부리곤 했으니까. 인정 욕구. 그들은 모두 대단한 갈망에 시달리고 있었다. 삶이 풀리지 않으면 몇 살이나 어린 미성년자에게까지 찾아와서 떵떵대고 싶어 했다.

직접 마주친 적은 없지만 소문과 SNS로 너무나 잘 알고 있는 유진이 눈앞에 있다. 성미가 뭐라 하기도 전에 유진이 입을 열었다.

"나는, 안 찔렀어요. 어떻게 저 말을 믿는 거지. 돈이 많아서? 그럼 우리 애는 평생…… 우리 애는……."

그러고는 눈을 감고 길게 마지막 숨을 토했다.

07

"달라진 건 없어." 빈승은 소리쳤다. "테이블당 한 명, 그러니까 넷만 산다." 험악한 내용과 달리 목소리는 덜덜 떨렸다. 제어하려고 애썼으나 허사였다. "당장 정해. 그리고 밖으로 나가려고 하면 무조건 쏠 거다." 빈승은 절박했다. 넷을 쏘면 미미를 살려 줄까? 미미가 돌아올 수 있을까? 예상할 수 없어 더 미칠 노릇이었다.

"테이블이랑은 상관없나?" 수창이었다. 이런 상황에서도 가르치려는 말투로 반말을 내뱉는 그를 빈승이 어떻게 할 수도 있겠다 싶어 모두 겁을 집어먹었으나, 정작 정신을 딴 데 판 빈승은 "테이블?"이라고 되묻고는 흐물댔다. "그런 게 뭐가 중요해.

그냥 넷. 넷 고르면 끝이야, 그게 힘들어?"

"셋이에요." 이번에는 성미가 끼어들었다. "방금 하나가 죽었으니까."

그 말에 사람들은 자연스럽게 상아를 쳐다보았다. 덕분에 상아의 얼굴에 피어나는 묘한 미소를 볼 수 있었다. 하지만 약속이나 한 듯 일제히 고개를 돌려 모르는 척했다. 바닥에는 유진이 널브러져 있었다.

*

"각자 왜 내가 살아야 하는지 이야기해 봅시다." 수창의 제안에 사람들은 눈만 굴렸다. 제일 먼저 입을 연 건 상아였다. 자신은 동료 학부모와 합의하러 온 거라고 했다. 아이가 방금 죽은 여자의 딸에게 학교폭력을 당했고, 학교로부터는 합의를 종용받았으며, 여자의 사과하겠다는 말에 불려 나왔는데 되려 협박당한 거라고. "같은 고등학교를 나오긴 했지만 친구는 아니었어요. 나문 출신인 분들은 잘 아시겠지만 그 여자가 유명했거든요. 질이 나빠서." 그리고 고개를 저으며 한마디 보탰다. "딸도 똑같아요."

다음은 정란이었다. 먼저 딸이라며 연주를 소개했다. "딸이

212

평생 혼자 살며 자기를 애지중지 힘들게 키운 엄마를 버렸어요. 빈승 씨가 처음에 복도에 나오면 쏜다고 하자 같이 나가자고 한 다음에 자기는 숨었어요. 나 죽으라고. 게다가 나 몰래 도망갈 궁리를 하고 있더라고요."

"나왔잖아! 지금 여기 있잖아!" 연주가 펄쩍 뛰고는 항변을 시작했다. "엄마 맞아요, 맞는데 진짜 이상한 엄마예요. 평생 비정상적으로 집착하고 학대했다고요. 제가 독립한다니까 저를 궁지에 몰아넣으려는 거예요. 서른 살이 된 딸을 자기 말 안 듣는다는 이유로, 자기랑 평생 같이 안 있어 준다고. 괘씸하다고!"

"애 아빠 먼저 세상 뜨고서 마트에, 식당에, 온갖 데서 일하면서 키웠더니 저럽니다. 이제 좀 살 만해져서 같이 여행도 다니고 하자니 혼자만 살겠다고." 정란은 빈승 쪽을 돌아보았다. "그래도 내 새끼를 살려야죠. 나는 어미니까. 그게 사람들이 원하는 부모의 사랑이라고, 나는 그렇게 생각해요. 내 새끼 살려요. 나는 죽이고."

"정말 돌겠네. 저런 식으로 매번 착한 엄마인 척했어요!"

연주가 사람들을 돌아보았으나 여론은 이미 정란 쪽으로 기운 듯했다. 심지어 나이 든 여자는 정란의 어깨를 감싸고 토닥이는 중이었다. 연주는 침을 삼켰다. 무슨 말을 어떻게 해야 할지 몰랐다.

침묵을 비집고 민경이 들어왔다. "저는 나문시에 연고가 없어요. 취직을 여기서 하는 바람에 왔죠. 혼자 타지에서 외롭게 일하는데 회사 선배가 저를 너무 미워해서 잘 보이려고 모시고 온 거예요."

사람들의 시선이 성미 쪽을 향했다. "선배가 왜 저를 미워하는지 알고 싶어요. 제가 잘못한 게 있으니까 그렇겠죠. 그렇다면 말해 주면 될 텐데. 스카이 대학원까지 나와서는 2년제 출신 밑에서 일한다고 다들 수군거려도 저는 정말 괜찮았거든요. 선배가 아무리 저를 구박하고 무시해도 참고 버텼어요. 일을 배우고 싶었으니까. 나문시도 좋고. 그런데 너무, 비상식적으로 미워하잖아요."

민경은 반격을 예상한 듯 잔뜩 부풀렸던 몸을 떨었으나 성미는 말이 없었다. 잠시 어색한 침묵이 흐른 후, 작은 헛기침 소리가 났다. 애진이었다.

"나는……"

그러더니 희미하게 웃으며 말했다.

"별로 말할 게 없네요. 죽고 싶은 지도 꽤 됐고요, 사실." 그러면서 빈승을 바라보았다. "총에 맞으면 안 아프고 바로 가나? 그럼 뭐, 양보할 마음도 있습니다."

"그게 무슨 소리예요." 애진을 막은 건 정란이었다. 오히려 애

214

진은 담담했다. "괜찮아요. 애들 아빠 밥해 주거나 노인네들 뒤
치다꺼리해 주거나 둘 중 하나인데요. 보면 그런 생각이 들더라
고. 죽을 수 있을 때 빨리 죽으면 참 좋다……. 요즘에는 영 일
어나기도 힘들고, 또 싫고. 애들도, 지금이야 지들 반찬도 해 주
고, 손주도 공짜로 봐주니 좋아하지만 몇 년 지나면 집짝 취급
할 게 뻔하더라고요. 아마 나 죽어서 보험금 나오면 그때 제일
좋아할 겁니다."

누군가 침을 삼키는 소리가 들렸다. 그게 군침처럼 들린다고,
몇몇은 생각했다.

한편 수창은 손가락을 꼽아 수를 세고 있었다. 하나가 죽었으
니 셋이 남았다. 다른 테이블에서는 하나씩 자원자가 나왔다.
공평하다. 3번 테이블에서는 유진이 죽었으니 상아가 살고, 정
란과 애진은 목숨을 양보했다. 회사 동료라는 둘은 자기들끼리
알아서 하겠지. 어쨌든 나는 살 수 있어 다행이라고 안심했다.
그사이 "다 지긋지긋해. 다만 모두에게 확실히 하고 싶은 게 하
나 있는데"라는 애진의 말을 놓쳤다.

"절대 안 돼!" 상아가 소리쳤다. "안 된다고요. 우리도 다 죽으
라는 거잖아? 사람들이 가만히 있겠어요? 아줌마, 웃기는 소리
말아요. 우리를 공범으로 모는 거밖에 더 돼요?"

"애기 엄마, 내 말에 거짓은 하나도 없어요."

"본인은 고상한 척 다 떨고 우리는 쓰레기 만들겠다는 거잖아요, 지금. 남은 인생 병신 같이 살게 만들겠다고 작정한 거 아니에요!"

무슨 소리지? 수창은 눈을 굴리며 분위기를 살폈지만 놓친 맥락을 파악할 수가 없었다.

상아는 펄펄 날뛰었다. 엄마가 저 모양이니 애가 기를 못 펴고 남한테 얻어맞고 살지. 수창은 속으로 혀를 찼다. 한편으로는 방금까지도 참을 만했던 요의가 걷잡을 수 없이 밀려왔다. 몇 년 전까지 속을 썩이던 요실금이 하필 지금 재발했나 싶었다. 와인까지 마셨으니.

수창은 단전에 힘을 주었다. 애진의 입가에는 엷실한 미소가 떠 있었다. 미소라니! 기분이 나빠졌다. 애진이 자신보다 한 수위 인간처럼 웃는 게 썩 유쾌하지 않았다.

그때 민경이 상아의 말을 끊었다.

"저는 그 말씀에 동의해요. 그렇게 해도 좋아요."

그래서 도대체 '그'게 뭔데? 수창은 답답해서 이리저리 고개를 돌리다 빈승과 눈이 마주쳤다. 그는 눈꺼풀을 떨면서 자신을 노려보고 있었다.

"말도 안 돼." 상아가 외치자 민경은 어깨를 으쓱했다. "거수하죠."

"거수하든 말든 한 명 더 뽑아야 해요."

"지금 세 분이, 아니 두 분이 양보했고 한 분은⋯⋯. 그렇죠, 남은 사람은 다섯. 그중 넷이 나가는 거잖아요. 끝까지 불복하지 않으면 어쩔 수 없이 운명공동체가 될 수 없다고 판단하고, 소수 편으로 결론 내면 되는 거죠. 어떻게 살아남든 말든, 일단 다수는 나가는 것으로."

사람들이 갑론을박을 펼치는 사이에 상아가 민경에게 물었다. "사람들이 돌 던질 게 두렵지도 않아요?" 그러자 무심한 답이 도달했다.

"사람들은 금방 잊어요. 이런 촌동네 일이 얼마나 알려질 거 같은데요?"

*

나는 괜찮은 걸까.

연주는 옆에 있는 상아의 부른 배와 시뻘게진 얼굴을 위아래로 살피며 자신에게 물었다.

나는 정말, 괜찮은 걸까. 이대로 살아서 나가면, 괜찮아지는 걸까. 저 여자가 나를 지구 끝까지 쫓아오지는 않을까. 비밀을 누설할까 봐 쌍둥이처럼 닮은 여자를 죽였던 그대로 나를 해하지는 않을까. 일본에 간다 한들 안전할까.

　비슷한 옷을 입었다는 이유로 연주가 자신과 유진을 기억하지 못할 거라고 주장하다니. 믿을 수 없었다. 죽은 유진에게 칼부림의 죄를 뒤집어씌우는 것부터가 말도 안 되는 일이었다. 그런데도 사람들은 믿는 '척'을 했다. 그런 식으로 살면, 잠은 잘 잘 수 있을까? 그리고 상아의 아이들을 생각했다. 그 애들은 연주와 닮은 삶, 아니 더 불행한 삶을 살 게 분명했다. 내가 너를 위해 이런 짓까지 불사했다는 보상 심리가 발동할 테니. 자꾸만 정란의 모습이 겹쳐졌다.

　연주는 절대 상아와 함께 나갈 수 없다고 마음먹었다. 언제든 자신에게 칼을 휘두를 사람의 존재를 무서워하며 살 수는 없다. 정란과 살아온, 죽도록 싫어하는 자신의 모습이었다. 한심하게 반복하고 싶지 않았다.

　살고 싶었다. 그런 마음이 드는 건 참 신기한 일이었다. 애진이 살고 싶지 않다고 했을 때 연주는 자신의 과거를 떠올렸다. 연주에게는 방이 없었다. 방이 남아도 무조건 엄마와 같은 공간에서 감시당하며 지내야 했다. 그래서 매일 습관처럼 중얼거렸다. "죽고 싶다, 죽고 싶다" 하고. 이젠 알았다. 연주는 살고 싶었다, 정란 없이. 애진도 비슷한 마음이 아닐까. 하지만 평생 목줄을 차고 있어 자유의 가능성을 생각하지도 못하고는 지레 겁부터 먹은 건 아닐까. 연주는 아주 약하게 손바닥으로 상처 난 배를 눌러 보았다. 그다음 두 손을 살짝 얹은 채 빈승을 돌아보았다.

입술을 들썩이면서 누군가의 이름을 반복해 말하는 사람의 얼굴을.

"미미, 미미."

연주는 쫑긋 귀를 기울였다. 센터에서 일하는 연주에게는 낯선 광경이 아니었다. 진작 알아챘어야 했는데.

"미미, 들려? 미미, 내가 할게. 많이 무섭고 어렵지만 해 볼게. 미미, 내 말이 들려? 죽지 않은 거지? 듣고 있지? 이제 얼마 안 남았어. 거의 다 골랐대. 나는 쏘기만 하면 돼. 그런데 쏘고 나면 진짜로 다시 오는 거 맞지? 저 사람들이 나가고 나면 나를 모르는 척할 거라는 말을 믿을 수 있는 거겠지. ……아니! 당신더러 말하란 게 아니잖아. 당신 목소리는 듣고 싶지 않다고 몇 번을 말해……. 잘 마무리할 테니까 그만 지껄이라고!"

*

자주 드나들던 복권 판매점에 잔뜩 붙어 있던 1등 당첨자들의 당첨 소감들. 연주는 매번 거기 프린트된 모든 메시지를 찬

찬히 읽었다. 자신에게 그 복이 전해지길 빌었다. 매주 읽어서 익숙해진 글들 가운데 눈길이 간 글이 하나 있었다.

"아주 소설을 써 놨어. 저런 미친놈들에게 큰돈이 가니 세상이 참, 제대로 돌아가는 건지." 연주를 보며 가게 주인이 한마디 건넸다.

"여기서 산 분이에요?"

"그렇대. 상금 수령할 때 소감을 쓰라고 하나 봐요. 그걸 구매처로 보내 줘요. 우리나라도 미국처럼 얼굴이나 보여 주지. 아니, 무섭잖아요. 저런 정신병자가 내 가게 와서 내 얼굴 보고 복권을 샀다는 것도, 이 동네 산다는 것도 무서워. 돈 많아졌으니까 서울로 이사나 갔으면 좋겠네. 좁아터진 데 있지 말고."

연주는 입을 달싹거리며 나지막이 소감을 읽었다.

실험비를 많다고 미미는 세상에 사람이 선택되었습니다 얻었고 너무 말했습니다 선택되었습니다 많다고 기쁘지 않습니다 돈이 받았습니다 실험을 정리를 기쁜 것은 아니니 나의 돈이 정리를 결정해 준다고 받았습니다 나에게 내가 가장 좋아질 거라고도 필요하다고 내가 미미가 고귀한 인간들만 할 수 있다고 미미는 말했습니다.

"세상엔 별사람이 다 있는 거죠. 많이 이상하진 않은데요, 뭐."

연주는 운동화 깔창 아래 오늘 산 복권을 집어넣으며 주인에게 말했었다. 멀쩡한 줄글을 쭉 써 놓은 후 이리저리 단어를 재배치한 글에 불과했다. 그 정도면 경증이었다.

08

애진이 내건 조건은 간단했다. 뱅상 식탁에 남을 사람을 선택하는 과정을 영상으로 남길 것. 뱅상 식탁을 나간 사람들이 그영상을 공개할 것. 경찰을 포함한 수사기관, 그리고 대중에게까지.

상아는 극렬하게 반대했고, 민경은 찬성하면서 상아를 향해 내뱉었다. "그럼 그냥 죽으시든가." 정란이 같은 생각이라며 애진 편을 들자 상아가 연주 쪽을 돌아보며 호소했다. "저쪽은 외지인이라 우리랑 마인드 자체가 달라요. 우리는 나문 사람들이잖아, 여기서 계속 살아야 하잖아. 이런 식으로 남을 사지로 몰아넣었다는 증거가 남으면 끝이에요, 매장이라고." 상아는 동조하지 않는 연주를 의아하게 여겼다. 나문시를 떠날 연주의 계획을 알 리가 없었으니까. 무엇보다 연주가 상아를 살인자로 여긴다는 사실을 몰랐으니까.

연주에게서 별다른 호응을 얻지 못하자 상아는 이번에는 성미를 설득하려 들었다. 성미는 유진의 손을 쓰다듬는 중이었다.

"나문에서 일한댔죠. 그럼 내 말 알겠네. 이 동네에서 소문 한번 잘못 나면 꼬리표가 평생을 따라다닌다는 거."

성미는 대답하지 않았다. 유진의 손등이 참 차갑다고 생각하고 있었기 때문이다. 강한 힘을 가진 것처럼 보였던 일진. 자신은 절대 될 수 없는 존재이자 자신을 절대 받아 주지 않을 대상 같았는데.

유진이 죽기 전 했던 말이 자꾸 머릿속에 맴돌았다.

'돈이 많아서?'

유진으로부터 그 말을 들었을 때, 성미는 절망했다. 결국 그거야? 그게 세상에서 승리하는 최종 수단이야? 동시에 유진이 아닌 상아가 악역이 되기를 간절히 바라 마지않아 왔다는 자신의 본심을 깨달았다. 상아는 매일 성미를 짓밟은 이들과 동족이었다. 돈 많은 사람. 돈이 많은데도 더 가지려고 드는 사람. 자신의 이익을 위해서 남의 삶은 벌레 죽이듯 쉽게 눌러 버릴 수 있는 사람. 잘못하지 않아도 늘 다른 사람의 눈치를 보면서 사는, 수상한 기운을 풍길 수밖에 없는 상황을 이해하지 못하는 사람.

그렇지 않은가. 사람들이 자신의 잘못을 눈감아 주고, 속아 주는 척하면 입이라도 꼭 다물고 있어야지. 남들 비위를 맞춰야 지. 성미 자신은 자기가 잘못한 일이 아닌 일들에도 습관처럼 그래 왔는데. 그런데 왜 저 여자는 그러지 않을까.

짜증 나게.

성미는 끝내 대답하지 않았다. 하지만 수창이 애진의 조건을 받아들이면서 성미의 의견은 중요하지 않게 되었다. 상아가 쌍 욕을 하자 민경이 더 심한 욕설로 맞받아쳤다. 그제야 상아도 주변의 눈치를 살폈다. 속으로는 민경을 찌르고 싶다는 욕구가 샘솟았다. 그러자 뜻밖의 가정이 떠올랐다. 내가 유진을 죽였다 는 걸 알게 되면 다들 내 말을 들을 텐데. 무서우니까. 총을 들 었어도 아무것도 하지 못하는 등신보다 자기를 당장 찌를 수 있 는 내 말을 들을 텐데.

공포심을 극대화하여 얻는 권력을 내내 동경해 왔음을 상아 는 이제야 알게 되었다. 유진의 발가락이라도 핥을 듯 굴었던 건 유진이 예뻐서도 인기를 얻어서도 잘나가서도 아니었다. 무 슨 짓을 벌여도 아무 일도 일어나지 않는, 유진이 가진 힘을 얻 고 싶었기 때문이었다. 남편을 유진처럼 동경할 수 없는 것도 같은 이유였다. 잘난 남편도 회사에서는 무능한 직원이었다. 남편의 모든 게 멍청해 보였다. 딸도 아빠를 닮은 게 분명했다. 알았으니, 나가서는 꼭 고쳐 줘야지.

상아는 우두커니 서서 허공에 대고 주술 관계가 엉망인 말을 열심히 내뱉는 남자를 바라보았다. 이곳은 주방이다. 무기가 될 만한 물건이 넘쳤으며 남자는 지금껏 제대로 된 공격을 한 적이 없다. 승산이 있을 듯했다. 유진도 이겼는데 무얼 못할까. 그런 생각을 하니 저절로 힘이 솟았다.

남자를 공격하는 건 정당방위다. 그냥 정당방위가 아니라 영웅적인 행위다. 총기 난사범. 그를 저지하면 사이코패스에 당당히 맞선 용감한 여성이자 엄마가 될 수 있을 듯했다. 일단 고분고분하게 굴어 긴장감을 누그러뜨리자. 그 전에 자신이 유진을 찔렀다는 사실을 알고 있는 한 명을 제거해야 했다.

하, 왜 이렇게 살 사람이 많지. 성가시게.

그러다 생각했다.

여기서…… 나 말고, 더 살아도 될 사람이 있을까?

*

"핸드폰을 달라고요?"

224

"영상 기록을 남기자는 결론이 나왔으니까요."

빈승은 좌중을 둘러보았다. 목이 뻐근했다. 모두는 따뜻하고 적극적인 미소를 짓고 있었다. 이가 몇 개나 보이는지 셀 수 없을 지경이었다. 빈승은 이런 집단적인 호의를 경험해 본 적이 없었다.

"핸드폰은 안 돼요. 업장 규칙이니까."

"사장님이 정한 규칙이잖아요."

"아니요."

그렇다고 미미의 존재를 설명할 여력은 없었다.

"내가 찍으면 되죠?" 빈승이 말을 돌렸다. "제발 얼른 끝내요. 내가 찍을 테니, 알아서 나갈 사람, 아닌 사람 정하라고요."

빈승은 주머니에서 핸드폰을 꺼냈다. "제발 빨리 끝내요. 난⋯⋯."

그러고는 말했다.

"나는 정말 있죠, 여기서 넷만 죽으면 돼요. 그게 내가 바라는 유일한 거야⋯⋯."

미미와 다시 만나야 하니까, 라는 말은 속으로만 했다.

6부

가설 검증 및
결과 도출

"자, 두 분은 영상을 찍기 전부터 양보 의사를 밝히셨는데……."

"아니요. 그것도 다시 찍어야 해요. 왜 포기했는지."

"맞아요. 나도 말해야겠어. 여기 내 딸이 있다는 사실도, 그리고 딸이 날 어떻게 버렸는지도요."

"그만하라고 했어! 저 사람 진짜 이상한 엄마라니까요, 엄마라고 할 수도 없는……."

"저기 아가씨. 시간 그만 끌고, 빨리 찍고 빨리 나갑시다. 이미 다 약속한 거 아니야. 거, 얼른 말씀하십쇼. 애진 씨도 미리 생각해 놓으시고. 구구절절 길어지니까, 요점만 간단히."

"애기 엄마는 왜 울어요?"

"모르겠어요, 울음이 나오네요……."

"위선자."

"뭐라고?"

"아무 말도 안 했어요."

"그리고 아저씨! 죽은 사람은 왜 찍어요, 자꾸? 앵글이 이상하네."

"제발 말 좀 들읍시다, 좀!"

"살인자."

"그렇죠, 살인자. 여기 누워 있는 사람이, 살인미수. 나랑 저기, 배에 기저귀 차고 있는 아가씨, 그 딸. 딸이 목격자예요. 내 목소리 녹음되고 있죠?"

"거, 지방 방송 좀 끄라고."

"근데 할아버지. 이러다 날 새겠어요. 그냥 나머지 한 명만 먼저 뽑으면 안 돼요? 이미 결정하신 분들 얘긴 나중에 듣고요. 그게 합리적이잖아요."

"그러다 결정되자마자 사장님이 쏘아 죽이면, 우린 아무 말도 못 하고 죽는 거잖아요."

"아, 잠깐만요. 아까 주문할 때 보니까 볼펜이 있었는데. 사장님, 여기 볼펜 있죠? 볼펜 좀 주세요. 종이 아무거나랑. 테이블 시트지면 되겠다. 두 분은 거기 적어요. 그럼 시간이 좀 절약될 거 아니에요?"

"아가씨 진짜……."

"원래 말로 하는 것보다 글을 써야 깔끔하게 정리돼요. 죄송해요. 근데 두 분이 양보하기로 한 건 이 영상을 보는 사람들은 이미 다 알 거예요. 그러니 남은 사람들 배려해 주는 모습을 보여 주는 게 더 잘 어울리기도 하고요. 부탁 좀 드려요. 이제 시작할까요? 누구 먼저 할까? 주임님, 주임님 먼저 말씀하실까요. 왜 내가 살아야 하는지?"

"……."

"말씀이 없네. 하긴 살 이유가 뭐 있겠어. 카메라 있는 김에 확실히 말할까. 저분 저랑 같은 회사 다니고요. 제 사수인데 후임들이 몇 달도 못 견디고 다 퇴사하는 것으로 유명하십니다. 이왕 이렇게 된 거 이제 속 시원하게 말할 수 있죠. 내가 비위 맞춰 주느라 입사했을 때부터 얼마나 힘들었는지. 그 조그만 회사에서."

"……너는."

"뭐요?"

"너는 나가서 뭘 할 수 있는데? 무슨 일을 시켜도 다 엉망으로 하면서 남 탓만 하던 주제에."

"뭐요?"

"나가서 뭘 할 수 있는 인간인지도 생각해야지. 우리 사회에 뭘 해 줄 수 있는지. 도저히 믿을 수 없는 졸업장이 전부면서. 밥벌이할 능력이 안 되어서 내 비위나 맞추고 있었으면서 뭐 그렇게 당당해?"

"나를 뽑은 건 회사거든요?"

"실수지. 불쌍해서 거둬 주는 거고. 어쨌든 넌 나가도 아무 득이 안 돼, 사회에. 해가 되면 모를까. 거기 임신하신 분, 남편이 이 여자랑 동문이라고 했죠? 무능력한 동문 어떻게 생각해요? 학교 명예에 먹칠……? 씨발, 야!"

"저기, 아가씨들! 그만해! 거기 아줌마들, 쟤네 좀 떼어 봐!"

"시킨 대로 유서 쓰느라 바쁜데 싸움 말리는 것까지 시키고 지랄이야."

"뭐요?"

"교장 선생님이 하시죠? 그런 거 잘했잖아요, 옛날에. 애들 하키 채로 패기. 엄마들 봉투 잘만 받아 처먹고, 마누라랑 같이. 저기 내 딸내미가 잘 알 텐데."

"그런 적 없습니다."

"아, 예에. 그나저나 내 딸내미는 배 아파서 뒈지겠다고 난리더니 목청만 크네요. 이거 녹화본 나가면 아주 볼만하겠어."

"잠깐만요!"

"시끄러워. 저건 또 어디서 찾았대?"

"알바 많이 해 본 애들은 대강 알죠. 어디 뭐가 있는지 딱 봐도 구력이 나와요. 온갖 곳에서 다 일해 봤을 거야."

"저기요, 다들 엉망진창이잖아요 지금. 우리 다 핀트가 어긋난 것 같아요."

"뭐가요?"

"왜 내가 살아야 하는 이유가 아니라 상대방이 죽어야 하는 이유를 말하는 거예요?"

"그게 그거죠."

"아뇨, 누굴 죽이자고 선택하자는 게 아니잖아요. 우리는 살인자가 아니잖아요, 우리가 죽이는 게 아니라고요. 우리는 잘못이 없는데, 생존하기 위해 어쩔 수 없이 이러고 있는 거라고……."

"그렇지. 아가씨 말 한번 잘했네. 젊은 사람들이 서로 위하고 살아야지 서로 헐뜯어야 쓰나?"

"좋아요, 그럼 할아버지부터 하셔요. 왜 살아야 해요?"

"그러니까, 나는 일단. 너무 사랑하는 가족이 있어. 마누라가 있고."

"자제분은요? 자식 없음 솔직히 할아버지 나이대면 얼른 가시는 게 여자 입장에선 좋을 수도 있어요."

"있지, 자식 있어, 자식……."

"입에 거짓말이 발렸네. 내가 곧 죽을 거라도 이 말은 해야겠다. 저 양반이 마누라가 죽었다고 거짓말을……."

"아이고, 정란 씨. 하지 말라니까."

"거짓말했다고. 자기 마누라가 죽었다고 여기 애진 씨한테 거짓말하고, 그러고는 빈승 씨가 총 들고 오니까 애진 씨를 와이프라고 사기까지 쳤거든? 저 새끼가 그런 놈이야, 어?"

"거짓말이 아니라고. 내가 애진 씨를 정말 사랑해서는……!"

"그런데 죽으라고 떠밀어? 사랑하는데?"

"그, 그건……!"

"오케이. 할아버지는 됐어요. 넘어가죠. 그, 따님! 말씀하실 수 있죠? 아프기야 하겠지만."

"……"

"얼른 하시죠."

"……"

"좋아요, 여기까지. 저는 말할게요. 그래요, 저는 평생 불운의 아이콘이었고, 또 저보다 못한 애들이 집 사고 차 사고 결혼하고 잘 살고, 그러긴 했는데요. 그렇지만 운이 못 따라서 그랬던 거지. 사실 제가 다니는 회사도요, 너무 답답하게 비효율적인 게 많거든요. 내가 그런 거 다 교정할 수 있어요. 나가면 진짜, 진짜 다 해 놓을 수 있어요, 그런 거. 어떤 일에 대해서도 마찬가지예요."

"아무것도 책임질 능력 안 돼요."

"야!"

"뭐 공부를 얼마나 잘했는지 나는 모르겠어. 하지만 회사에서 같이 일할 땐 잘못만 했죠. 내가 다 수습해 줬고. 그런 주제에 나문시 사람들을 그렇게 무시해."

"주임님, 자기가 살아야 하는 이유 말하기로 했잖아. 남 헐뜯는 게 아니라!"

*

연주는 빈승이 들고 있는 핸드폰 쪽을 쳐다보았다. 어느 순간부터 사람들은 빈승은 신경 쓰지 않는 듯이 언성을 높이고 있었다. 빈승이 핸드폰에 얼굴을 대고 계속 중얼거리는 탓에 빈승의 입과 그가 웅웅대는 소리만 녹화된다는 걸 전혀 몰랐다. 연주는 일부러 핸드폰 렌즈를 뚫어지게 쳐다보았지만 빈승에게서는 아무 반응이 없었다. 그래서 렌즈를 응시하면서 천천히 빈승 쪽으로 걸음을 옮겼다. 그래도 빈승은 여전히 혼잣말만 지껄였다. 그와 불과 한 발짝 정도로 거리를 좁혔을 때까지도 마찬가지였다.

"보장하라고. 약속하라고. 한 번만 목소리를 들려 달라고. 그러면 진짜로 할 수 있으니까. 씨발, 야! 내가, 어, ……할 수 있습니다. 죄송합니다. 내 잘못이 아니고 저 사람들이 결정을 안 내려 주는……. 아니, 그만! 가지 말라고요, 가지 말라고. 진짜 당장 쏠 수 있다니까요……. 알았어, 다 죽일게. 기다리지 않고 다 쏠 테니까, 그러니까 미미 목소리를 한 번만……."

그러던 빈승의 말투가 한순간에 돌변했다.

"3번 테이블 한 명이 칼에 찔려 사망. 범인은 같은 테이블에 있던 여자. 하지만 자신이 범인이 아니라고 주장함. 어…… 살아서 나가면 살인에 대한 죄책감을 갖고 살까? 4번 테이블 두 명은 서로 무시하고 있는데 둘 중 누가 나가도 아무도 신경 쓰지 않을 것 같습니다. 1번 테이블……은 하나는 거짓말쟁이고, 나머지는 고상한 척 죽어 주겠다는데, 유서를 뭐 저리 길게 쓰는지……. 2번 테이블…… 딸을 살리기 위해 엄마가 죽는다고, 그런데 딸이 과연 고마워는 하겠느냐고, 복에 겨워서는……. 아아, 귀찮다, 귀찮아…… 다 싫어……."

연주는 빈승이 쥔 총을 바라보았다. 빈승이 모두의 거짓말을 간파하고 있다는 사실이 이상하게도 놀랍지 않았다. 충분히 당연하게 들렸다. 보통 그런 사람들이 가장 먼저 무너졌다. 너무 많이 알아서 더는 좋은 생각을 할 수 없는 사람들이 연주를 찾아왔다.

연주는 정란이 세상의 요소 하나하나를 모조리 적으로 돌리는 방식을 통해 삶의 에너지를 얻었다고 생각했다. 인정하긴 싫었으나 자신을 낳은 여자의 에너지에는 늘 감탄할 수밖에 없었다. 끝없는 경계와 증오와 외부 귀인. 엄마는 나쁜 뉴스가 세상을 도배할 때 행복해 보였다.

연주가 심리상담을 공부한 건 어쩌면 당연한 결과이리라. 하지만 여러 내담자를 만나면서 새로운 고충에 시달려야 했다. 연주의 상상력을 벗어나는 사연은 많지 않았으나 긍정은 절대로 유효한 처방이 될 수 없었다. "선생님은 자기계발서에 나올 법한 얘기만 하시네요. 꽃밭에서만 사셨나 봐요." 어느 내담자가 툭 이 말을 내뱉고 간 날, 연주는 처음으로 정란이 아닌 사람에 대한 불같은 증오에 휩싸였다. 네가 뭘 알아? 그러고는 방향을 완전히 바꾸었다. 내담자 모두에게 말했다. "눈을 감고 생각해 보세요. 지금 가장 미운 사람을 떠올려 보세요. 아니, 밉다기보다는 억울함을 느끼게 만드는 사람을. 한 사람이어야 하냐고요? 아니에요. 많을수록 좋아요. 계속 헤아려 봐요. 대충 가닥이 잡혔나요?"

연주는 정란의 논리를 이용해 사람들을 끌어들였다. "지금 떠오른 그가 이 악한 사회의 부역자입니다. 나를 살기 힘들게 만드는 이들이라고요. 죽어야 할 이들이 떵떵거리는 사회가 문제죠. 그래서 우리가 괴로운 거예요. 이건 일종의 훈장이에요. 그

러니까 슬프고 괴로울수록 여러분은 고결한 인간이란 뜻이에
요. 힘들수록 자부심을 가져야 한다고요!"

연주는 "저기, 사장님" 하고 빈승을 부르고는 그의 손을 감싸
며 똑바로 쳐다보았다. "사장님, 왜 주저하세요."

빈승이 연주를 바라보았다. 웃으려다가 혹시 비웃는 것처럼
보일까 싶어 연주는 얼른 표정을 지웠다.

"결정이 힘들어서요? 세상이 원래 그런 걸요. 조금만 주저해
도 인간 취급을 하지 않고 무시하며 무너뜨리지요."

"……더는 못하겠어요." 빈승이 몸을 마구 흔들었다. "이번에
도 실패한 것 같아요……."

"아니." 연주는 고개를 세차게 저었다. 절대 안 된다. 끝내야
한다. "그럼 똑같아져요."

"똑같아져……요?"

"옛날 삶으로 돌아가요. 이젠 정말로 무시당할 거예요. 총까
지 쥐여 줬는데 아무것도 못 했다고요. 앞으로는 어떤 기회도
오지 않을 거예요."

"그 새끼가 그럴 거라고요?"

"네, 그 새끼가." 연주는 고개를 끄덕였다. '그 새끼'가 누군진
몰랐지만. "왜 이 일을 벌였는지를 잘 떠올려 보세요."

"모르겠어……."

"시킨 사람이 따로 있거나."

물론 이 대화는 녹음되고 있지만 일단 밖으로 나가면 설명할 기회가 있을 것이다. 불안한 범인을 안정시키기 위해서라고 하면 충분할 듯했다. 다 빵빵 쏘고 얼른 나가자, 라고 생각했다고 는 말하지 않으리라.

"시킨 사람⋯⋯, 시킨 사람이 있어요."

"완수를 못 하면 보복하지 않을까요?"

"보복⋯⋯ 하고 있어요, 지금. 인질을 잡아서⋯⋯."

"저런." 연주는 더 가까이 다가섰다. "인질을 잡았다고요? 그럼 그쪽에서 인질을 잡고, 사장님을 협박하고 있다는 거예요?"

빈승은 고개를 끄덕였다. 등 뒤쪽이 점점 시끌벅적해지고 있었지만 연주는 신경을 껐다. 빈승은 여전히 핸드폰을 손에 꼭 쥐고 있었으나 각도도 엉망이고 손도 사정없이 떨리는 중이었다. 연주는 머리를 굴렸다. 유약한 자신을 정란이 어떻게 옭아맸는지를 되새겼다. 똑같이 할 거야. 나는 더 쉽게 할 수 있어⋯⋯.

"내가 하면? 사장님 대신." 연주는 말했다. "그럼 어때요?"

빈승이 놀라 연주를 바라보았다.

"내가 하면 사장님은 나가도 벌을 받지 않잖아요. 그런데 시킨 건 완수하는 셈이니까 소중한 사람을 잃지도 않을 테고. 지

금 필요한 건 나를 믿는 거, 그거 하나예요. 나를 믿기만 하면
모든 일이 스르르 해결되는 거야."

"내가 어떻게……."

"어떻게 믿냐고요? 이런 말을 해 준 사람이 있었어요? 세상
이 얼마나 끔찍한지에 대해서."

빈승이 연주를 바라보았다. 이런 사람이었나? 그래 보이지
않았는데. 엄마인 정란에게조차 제대로 말 한번 못 하는 여자였
던 것 같은데.

그런데 점점 빈승이 상상했던 미미와 닮은 듯했다. 빈승은 미
미가 연주처럼 아담한 몸집에 자신보다 너덧 살 어린 여자일 거
라고 생각해 왔다. 미미는 4번 테이블 여자들처럼 억세거나 누
굴 멸시하지 않고, 1번 테이블 여자처럼 다정은 해도 궁색하게
는 늙지 않고, 2번 테이블 여자처럼 비대하지도 않고, 3번 테이
블 여자들처럼 저속한 과거를 가지거나 지나치게 허영심을 가
져서도 안 되었다. 그런 면에서 연주의 외형은 물론 입에서 나
오는 말들은 미미의 그것과 놀라울 정도로 결이 비슷했다.

"미미. 미미밖에는 없었어요."

"미미가 시켰지요? 이거."

빈승은 눈이 동그래져서는 연주를 바라보았다. 자기도 모르
게 예, 하고 대답이 나왔다.

"그런데 미미가 책임져 주지는 않잖아요."

연주의 말에 빈승은 변호하려 했다. 미미는 그런 사람이 아니라고. 금방이라도 무너져 내릴 뻔했던 자신을 얼마나 잘 지탱해 줬는지 아느냐고. 그러나 이어진 연주의 말을 듣고는 완전히 말문이 막혔다. "이렇게 난장을 피우고 나서 어떻게 수습할지도 말해 줬어요? 경찰한테서 어떻게 벗어날 수 있는지, 트라우마는 어떻게 극복할지. 그런 걸 알려 주었어요? 아니면 시키기만 했어요? 달콤한 말만 하면서?"

그런가.

"나는 책임질 거예요. 대신해 준다니까요. 미미도 구하고, 경찰한테도 안 잡혀요. 아, 총. 그게 어디서 났는지만 말하면 끝이야. 벽에 총질 몇 번 했단 이유로 유치장에서 며칠 있다 나오는, 그게 다예요."

빈승은 연주를 보며 상상했다. 대한민국에서 사형은 실제로는 집행되지 않는다……. 그러니까 여자는 죽지 않을 것이다. 가능한 한 자주 면회 가면 어떨까. 작고 여린 여자는 감방에 있어도 부드럽고 온유할 것이다. 성큼성큼 감형받을지도. 그리고 자주 면회를 와 준 자신을 사랑해 줄 수도……. 미미에게서는 충족할 수 없던 그것. 촉감, 부드러운 살결을 만질 수 있을 거라고.

미미보다 낫지 않은가.

또 한참 킬킬대기만 하던 귓가의 남자가 급작스레 당황한 말투로 고함을 지르기 시작한 것도 자못 만족스러웠다. 미미를 죽일 거라고, 너는 무사할 것 같냐고, 이렇게 무책임할 수 있냐고, 이렇게 무책임하니 어떤 곳에서도 인정받지 못한 거라고……. 아마 빈승을 도발하기 위해 칼을 간 말일 것이다. 그러나 놀랍지, 그런 말들은 더 이상 빈승에게 하나도 위협적이지 않게 되었다.

눈앞에 여자가 있어서. 여자는 '진짜'이니까.

빈승은 처음으로 미미를 불완전하다고 느꼈다. 그리고, 연주에게 총을 내밀었다.

-저 여자가 너를 쏠 거야!

머릿속 남자의 말에 빈승은 고개를 저었다.

-그러지 않을 거야. 나는 여자의 진짜 마음을 보았어.

그렇게 말하면서 웃음 지었다. 이제 총은 연주의 손에 있었다. 그와 함께 아프도록 단단히 그의 마음을 옭아매던 끈이 툭, 하고 풀린 느낌이었다. 제자리로 돌아왔다고 할까? 원래의 가진 것 없는 대상으로. 그럴지도 모르나 괜찮았다. 연주를 얻었으니까.

"무섭네요." 연주의 말에 빈승이 고개를 끄덕였다. "힘들었겠네." 그 말에 더 세게 고개를 끄덕였다.

*

문제는, 반전도 한순간이었다는 것.

별안간 사이렌이 울렸다. 빈승이 복도에서 썼던 확성기 소리였다. 확성기가 어디 있었지? 무언가에 잔뜩 얻어맞은 기분이었다. 기억이 하나도 나지 않았다.

빈승은 눈만 껌벅거렸다. 찰나에 눈앞의 얼굴이 바뀌어 있었다.

"우리 결정했어요. 결정했다고!"

연주가 아니라 상아였다. 손에는 칼을 들고 있었다. 나이프가 아니라 주방용 칼을. 무언가 말을 하는 듯했으나 사이렌 소리가 너무 커서 잘 들리지 않았다. 상아의 목에는 굵은 땀방울이 흘러내리고 있었다.

"방금 거수했다고요. 만장일치로 결정했어요."

눈앞이 컴컴해졌다. 빈승이 눈을 깜빡인 사이 상아의 손에는 아무것도 없었다. 당황한 빈승이 두리번거리며 연주를 찾았다. 그러다 바닥으로 미끄러져 옹송그리고 있는 연주를 발견했다. 그 몸을 빈승은 물끄러미 바라보았다. 구겨진 작은 몸. 웅크린 등허리에는 칼이 꽂혀 있었다. 자신의 행동에 아랑곳하지 않고 상아가 빈승의 귀에 속삭였다.

"우리가 고민했는데요. 엄마 버린 딸이 가장 심하더라고요. 그렇죠! 만장일치였어요. 기권도 하나 있었는데, 몇 번을 불러도 대답을 안 해서 포기했어요. 어쩔 수 없죠. 우리는 할 일을 다 한 거야."

빈승은 그제야 자신의 두 손이 허벅지 옆으로 툭 떨어져 있다는 사실을 확인했다. 핸드폰은 바닥에 떨어져 있었다. 렌즈는 천장을 비추고 있을 터였다. 목소리는 들어갈까. 빈승의 귀에도 제대로 들리지 않는 여자의 작은 음성이 녹음될 리 만무했다.

"쏘아요. 셋이 딱 결정됐잖아. 쏘아요, 쏴!"

정작 빈승의 손에는 총이 없었다. 총은 등에 칼을 맞고 엎드려 있는 연주의 품에 있다. 그것도 모른 채 빈승에게 총이 있다고 여기고 마음대로 지껄이는 것이다.

빈승은 바닥에 엎드린 연주 쪽으로 천천히 시선을 돌렸다. 아주 잠깐의 달콤했던 말들을 떠올렸다. 난생처음 경험했던 그것을 뺏겼다, 너무나 손쉽게. 가진 것도 많으면서 더 무엇을 갖겠다고 빈승의 가장 행복한 순간을 탈취했다. 자신은 가진 게 없어서 상실의 슬픔도 모른다고 여겨 왔지만 이제 알았다. 이런 거구나. 빈승은 자신이 관찰했던 수많은 이들을 떠올렸다. 그러다 실소가 터져 나왔다. 이런 기분이구나. 내내 바닥에 있는 줄 알았는데 더한 상황이 존재했다. 사람을 얻었다가 잃는 것, 그게 이렇게 지독한 경험이리라고는 알지 못했다.

연주는 몸을 웅크리고 있었다. 이제 빈승의 귓가에서는 아무 소리도 나지 않았다. 자신의 저주를 풀어 주고는 정작 본인은 죽었다. 빈승은 바닥에 몸을 붙인 채 연주에게 가까이 다가갔다. 조금이라도 더 가까이에서 보고 싶었다. 숨이 남아 따뜻할 때.

그 순간 빈승의 눈앞이 번쩍이더니 인중 위로 뜨거운 액체가 흘렀다. 빈승은 코를 감싼 채 그대로 뒤를 향해 발라당 넘어졌다. 누가 발로 찼나? 총으로 힘껏 치기라도 했나? 그 이상은 머리가 멈추어 생각하지 못했다. 정신을 잃지 않으려고 욕지거리를 뱉으며 눈을 게슴츠레 떴다.

"아줌마들 미쳤어?" 수창의 외침이 들렸다.

그러다 시야의 초점이 조금씩 잡혔다. 어어, 하는 소리가 입에서 흘러나왔다. 사람들이 타일 위를 수영하듯 유영하고 있었다.

"일어설 수 있겠어요?"

상냥한 말투와 달리 억센 힘이 빈승의 목덜미를 잡아 일으켰다. 동시에 화르르, 소리가 났다. 익숙한 소리였다. 분명 익숙한······.

빈승의 목덜미에 선득한 느낌이 닿았다. 총이었다. 움직일 수
가 없었다.

웽. 또 사이렌이 울렸다. 빈승은 핸드폰을 떠올렸다. 어디 있
더라? 아까 뭔가에 맞았을 때 떨어뜨린 모양이었다.

구수한 냄새도 났다. 그러고 보니 볼이 몹시 뜨거워졌다. 아,
뭔지 알겠다. 토치, 이건 토치다. 스테이크의 겉면을 익히는.

"너무 당연하게 나보고 죽으라고 하니까 또 오기가 생기데
요."

상냥한 목소리가 또 말했다. 흩날리던 검은 재가 빈승의 눈
에 들어갔다. 빈승은 눈두덩을 세게 문질렀다. 종이가 탄 잔해
였다.

—— 7부 ——

한계 및
개선 방안

애진은 분명 유서를 썼었다. 죽어야지, 하고 마음을 정하니 제법 편하기도 했었다. 이렇게 글이 빨리 나온다고? 처음 겪는 일이라 놀라울 지경이었다. 그간 힘들었던 모든 일이 이 한 장의 종이로 모여들기 위해 조작된 게 아니었을까 싶은 정도였다. 동료가 필요했던 것일 수도 있겠다고, 애진은 맞은편의 정란을 보며 짐작했다.

그런데 유서를 몇 번이고 고쳐 써도 사람들의 갑론을박은 끝나지 않았다. 나는 먼저 나서서 양보해 줬는데도 자기만 생각한다고? 애진은 목이 타 마실 게 없나 주방을 둘러보았다. 애진자리에서는 음료 냉장고가 너무 멀었다. 다행히 가까이 마실 만한 게 있었다.

와인이었다. 애진은 가볍게 손을 뻗어 한 병을 쥐었다. 그걸 보고 슬며시 웃음을 지어 보이는 정란을 향해 애진은 와인을 한 병 굴렸다. 다행히 둘 다 손으로 돌려 딸 수 있었다. 둘은 사이 좋게 한 병씩 들었다. 약속이나 한 듯 주둥이에 입을 대고 술을 넘기며 연극을 보듯 눈앞의 광경을 관찰했다. 서로의 것을 바꿔 마시기도 했다. 애진의 것은 썼고, 정란의 것은 달았다.

"하마터면 목도 못 축이고 죽을 뻔했네."

각자의 병을 다 비우고는 무슨 일이 있었나. 애진과 정란은 낄낄대고 주방을 구경했던 것 같다. 신기한 게 많네. 세상이 넓네. 다들 나를 무시했던 이유가 있었네, 라고 애진은 생각했다.

"이건 뭘까요?"

정란이 영어로만 된 통조림을 보여 주었다. 애진은 솔직하게 털어놓았다. "나는 영어 몰라요. 하나도 읽을 줄 몰라요. 무식하지?"

"나도 그래요. 그러니까 사람들이 우리가 죽겠다고 할 때 말리는 척도 안 한 건가 봐."

끝날 기미조차 없어 보였다. 애진은 고개를 푹 수그리고 다시 서랍이며 찬장을 뒤졌다. 술 때문인지 어지러워 이것저것 떨어 뜨리기도 했다.

"이거 봐요."

핸드폰이 들어 있는 서랍이었다. 애진의 것도 있는 걸 보니 손님들의 핸드폰인 듯했다. 애진은 정란을 바라보았다. 정란이 본능적으로 뒤를 돌아보았다. 사람들은 아무도 이쪽에 관심을 두지 않았고, 무슨 꿍꿍이인지 연주는 빈승의 앞을 막고 있었다. 시야가 가려질 게 분명했다.

애진은 자신의 핸드폰을 잡은 후 얼른 허벅지 사이에 집어넣고 다리를 오므렸다. 정란이 등으로 애진을 가렸다. 손이 덜덜 떨렸다. 주변을 살피다 단축번호를 꾹 눌렀다. 왜 바로 112에 전화하지 않았느냐고 후에 경찰이 물었을 때, 뭐라고 답했더라. 그때까진 살 거라고 생각 못 해서, 살겠다고 생각 않아서, 마지막 인사나 하고 싶었을 따름이라고 했나.

첫째는 전화를 받지 않았다. 둘째는 전화를 받았지만 "직장"이라고 한마디만 하고는 끊었다. 남편은 전화를 받았다. 아니, 그렇게 간단히 말하는 건 옳지 않다. 남편은 스물다섯 통의 부재중 전화를 남긴 참이었다. 통화가 연결되자마자 냅다 욕부터 내질렀다. 서둘러 전화를 끊을 수밖에 없었다.

유언 한마디 전하지 못했다. 잘 있으란 인사는커녕.

"실수했네. 아주 단단히 실수했어요, 우리 둘 다."

정란이 웃으며 하는 말에 애진은 고개를 푹 숙였다. 이런 대접을 받을 만큼 엉망으로 살았나? 아무리 생각해도 아닌 것 같았다. 애진은 자신의 몫을 다 해냈다. 사람인지라 부당하고 억울하고 힘들고 괴로울 때도 많았지만 다 그런 거지, 하고 꾹 참았다. 속이 마구 썩어 들어가면 중얼거렸다. "애들 크기만 해

봐. 애들 보내고 하고 싶은 거 다, 보상받을 수 있어."

갑자기 화가 났다. 온몸에 열이 올랐다.

"나 술이 오르나 봐."

그 말에 정란이 픽 웃더니 대꾸했다.

"이 사람아. 당신 열 잔뜩 받은 거야."

부당해도 따지지 못하는 사람. 그게 애진이었다. 상냥하고 친절하고 책임감 있다는 말 뒤에는 그따위 바보 같은 평가가 숨어 있었다. 알면서도 그냥 웃었다. 좋은 날이 오겠지, 하고.

엉망진창이네. 모든 게. 애진은 어느새 거의 빈 술병을 들고는 주방을 빙글빙글 돌았다. 익숙한 도구와 초면인 양념들이 가득한 주방을 천천히. 피식피식, 바람 빠지는 소리가 입에서 새어 나왔다.

"누가 내 제사는 지내 주려나."

"꿈도 크시지."

정란의 자조적인 말에 애진이 유서를 말아 쥐었다. 제사 준비가 세상의 전부라 생각했던 적도 있었다. 종부도 아닌데 그랬다. 미움받고 싶지 않아서. 결혼 잘 시켰다는, 좋은 며느리란 말 듣고 싶어서. 그렇게 안 하면 조상신들이 벌을 내릴 것 같아서, 그래서. 애진은 지방문을 불태우던 남자들을 생각했는데, 놀랍게도 그때 툭툭, 무언가 팔뚝을 치길래 쳐다보니 정란이 토치를 들고 있었다. 애진의 마음을 훤히 보는 것처럼.

"자기, 독심술이라도 해?"

정란이 대답했다.

"우리가 죽어도 다들 눈 하나 깜짝 안 할 거라니까 갑자기 열불이 나서."

*

정란의 공 핸드폰은 계속 돌아가는 중이었다. 모든 소리가 녹음되었다. 참 좋은 세상이다.

나중에, 공 핸드폰을 가지고 있던 정란이 신고하지 않았다는 사실에 들고 일어나던 유족들은 죽은 자신의 가족이 참여한, 죽을 사람을 고르는 과정이 적나라하게 기록된 녹취록을 듣고서는 꼬리를 내렸다. 그러고는 그대로 내빼듯이 귀가했다. 죽은 가족에 대한 그리움, 소중한 이를 잃었다는 분노보다는 그들의 마지막이 남은 이들에게 당혹감과 부끄러움을 주었다는 게 훨씬 타격이 큰 듯했다.

유일하게 불타지 않은 시신은 토치를 손에 쥔 채 출입문 근처 벽에 몸을 기대고 있었다. 대신 배와 등에는 칼이 꽂혀 있었다. 칼자루에서 불에 타 죽은 이들 중 하나의 지문이 검출되었다.

살아남은 사람 가운데는 유일하게 불에 타지 않고 죽은 연주의
모친 정란이 있었다. 영상에서는 딸을 살리고 자신을 죽이라 말
한, 모성의 위대함을 보여 준 어머니였다. 누가 연주를 찔렀는
지는 영상에 고스란히 남았다. 상아의 가족들은 사건이 종결되
기도 전에 나문시를 떠났다.

후속 연구 제언

    불이 나기 전, 두 사람이 칼에 찔려 죽었다. 이유진. 42세. 학교폭력을 당하던 중학생의 어머니로, 가해자 무리의 한 학부모에게 합의하자는 연락을 받고 온 참이었다. 나머지 하나는 박연주, 29세. 나문시 마음상담센터 직원으로 주말을 맞아 어머니와 외식을 왔다. 둘을 찌른 사람은 동일인이었다. 사건이 알려진 다음 그 엄마에 그 딸이라고 온갖 악플이 달렸다. 살인자 상아의 딸 아린은 아무도 모르는 곳으로 전학을 갔다. 망만 봤던 아린에게 모든 혐의가 돌아갔다. 나머지 가해자들은 마찰력 적은 포장지의 표면처럼 매끈하고 반짝거리며 아무렇지 않게 학창 시절을 통과했다.

    불을 낸 장년 여성 둘은 정당방위로 풀려났다. 그중에 딸을 잃은 여자가 있다는 사실에 동정 여론이 일었다. 화재로 숨을 거둔 사망자는 칼로 사람을 둘이나 찌른 상아 한 명뿐이라는 사실도 한몫했다. 나머지 세 사람, 그러니까 나이 든 남자 하나와 직장 동료라는 젊은 여자 둘은 연기만 흡입한 채 구조되었다. 남자 생존자인 수창에게는 언론사 여기저기서 인터뷰 요청이 들어갔다. 지역 군소 정당에서는 스카우트 제안도 했다. 민경과 성미에게는 공동 인터뷰 제안이 많았다. 둘은 매우 난감해했지만 곧 잊었다.

사망자 셋에 생존자 다섯. 손님들은 그런 숫자로 불렸다. 그리고 여기 들어가지 못한 빈승. 그는 협박 공갈 죄목으로 수감되었다. 애초에 아무도 죽거나 다치게 하지 않아 형량은 생각보다 가벼웠다.

사람들은 빈승더러 심신미약을 가장하지 말라고 했다. 마치 자신에게는 아무 일도 일어나지 않을 거라는 듯, 빈승을 궁지로 몰아넣었다. 빈승이 실은 아무도 해하지 않았다는 사실은 별로 중요하지 않았다. 어쨌거나 그는 비극의 판을 깐 당사자였다. 그 전에 머릿속에 다른 이들의 목소리가 들린다고 주장하는 미친 사람이었다. 사회의 안녕을 위해 반드시 격리되어야 했다.

정작 빈승은 갇혀 사는 게 편했다. 누가 알까? 누군가에게는 생존이 죽음보다 힘들 수도 있다는 사실을. 그런 이야기를 하면 다들, 복권 당첨으로 거금을 벌었는데 무슨 개소리냐고 헐뜯었을 것이다. 적어도 빈승에게 생존의 난이도는 돈과 무관했다.

그건 층과 겹, 그리고 시야에 관련된 문제였다. 모두가 자기 마음을 그대로, 솔직히, 투명하게 표현할 수 있다면 세상이 얼마나 아름답고 또 편안할까. 빈승은 교도소에 수감되고 나서야 자신이 무엇을 가장 힘들어했는지 알았다. 다른 사람들은 용케도 켜켜이 감춰진 남의 속내를 투시하는 데 능한 듯 보였다. 또 자신의 마음을 감추는 데에.

그것은 포장의 문제이자 교육의 문제이기도 했다. 빈승은 한 번도 선물을 포장하는 법을 배운 적 없었다. 생일을 맞은 사람에게 선물을 주곤 한다는 것, 선물을 그럴듯하게 만들기 위해 혹은 기대감을 키우기 위해 본체를 가릴 수도 있다는 것, 그리고 그 행위가 '권장'된다는 것. 오히려 솔직함이 사회성 결여로 여겨진다는 것. 남들은 다 배우는 것을 빈승은 부모에게서도 기관이나 선생에게서도 배우지 못했다.

작은 부재들이 차곡차곡 켜켜이 쌓여 커다란 구멍을 만들었다. 그렇게 빈승은 한 걸음씩 사회와 멀어졌다. 여기에 모질지 못한 천성과 볼품없는 외모가 시너지를 일으켜 더 이상 어디에도 소속되지 못했다. 일탈할 깜냥은 더욱 없었다. 그러니 자신을 잘 포장할 줄도 몰랐고 또 남의 포장지를 슬쩍슬쩍 눌러 보며 안에 든 것의 모양을 가늠할 방법도 몰랐다.

아무 잘못 없이도 음침하고 기분 나쁜 인간이란 평을 그렇게도 숱하게 들었는데, 모두의 속내가 자신과 비슷하리라는 생각은 하지 못했다. 그들이 그럴듯한 포장지로 진심을 감싸고 있으리라는 예상을.

빈승이 영화에 나오는 다중인격자인지, 아니면 그러는 척하는지에 대해서는 갑론을박이 있었다. 전문가 의견은 복권 당첨을 분기점으로 갈렸다. 미미가 이전부터 있었는가, 아니면 이후에 탄생했는가. 미미가 번호를 알려 주었다는 빈승의 주장은 언제나처럼 쉽게 묵살당했다. 결국 대단한 우연의 일치로, 대운이 방구석 망상병자에게 향한 결과로 여겨졌다. 총기 획득에 관한 조사 결과는 왜인지 전혀 공개되지 않았다. '사제의 총기'라는 소문만 흘러나왔다.

사람들은 금세 잊었다. 이 사건으로 부동산에 큰 손해를 본 쪽을 제외하고는. 아, 대중이 절대 까먹지 않는 게 하나 있긴 했다. 남은 당첨금이 여전히 빈승의 몫이냐 하는 문제. 이것저것 말이 많았지만 내 것이 되지 않는 이상 누군가의 손으로 들어가지 않고 그대로 증발해 버리기를 바라는 것 같기도 했다.

빈승은 놀랍게도, 누구도 왈가왈부할 수 없는 선택을 했다.

*

"저는 아저씨 말 다 믿어요."

빈승은 아무 대답 없이 아이를 쳐다봤다. 아이가 다시 물었다.

"왜 믿는지 아세요?"

"왜?"

"저도 그런 상상을 자주 하니까요. 사람이 사람을 알지 못해서 방황하고 또 실수하는 이유는, 사람 갖고 실험을 못 해서라고. 사람으로 실험을 마음껏 할 수 있으면, 그러면 서로 거짓말하고 오해하고 또 슬프고 괴로울 이유가 없잖아요. 실험으로 다 밝혀지니까."

그러더니 이어 말했다.

"저는요, 제가 인류를 위해 희생한다고 생각해 왔어요."

"희생?"

"애들이 저를 괴롭힐 때요. 내가 애들을 가지고 실험하는 거였어요. 온갖 실험을 다 했어요. 어떻게 하면 더 화나게 만들 수 있을까도. 그다음엔 반대로, 걔들이 요구하는 대로 행동하면 안 화낼까도 실험했어요. 그런데 아니더라고요. 소용이 하나도 없었어요. 실험 대상이 거짓말을 하는 거죠. 논리가 없으니까 당황스러웠어요. 어디를 맞아야 덜 아플까는 차라리 쉬웠는데. 그건 되게 논리적이고 또 경험만 몇 번 쌓이면 금세 결론을 알 수 있거든요. 귀납적으로. 엄마가 학폭 신고만 안 했었어도 데이터를 많이 쌓았을 텐데. 제 실수였어요. 엄마가 신고할 거라고 예상했었어야 했는데. 엄마에 대해서는 초등학생 때 일찍 분석을 끝내서, 몇 년 사이에 변화가 있을 거란 생각을 차마 못 했거든요."

아이는 어깨끈이 반쯤 떨어진 가방을 메고 있었다. 금방이라도 도망갈 사람처럼.

"그런데 아저씨가 딱 나타나서는 의뢰받은 실험이었다고, 미미랑 그 이상한 남자 얘길 막 하는데 저 진짜 미치는 줄 알았다니까요! 그래, 내 말이 맞다고! 나만 그런 생각을 하는 게 아니라고! 떠들고 싶은데 갑자기 아저씨가 나한테 장학금을 준다는 거예요. 연구지원금이잖아요! 그 실험 대상들이 너무 엉망진창이라 다 그만두고 싶었는데 아저씨한테 장학금을 받는 순간 알았어요. 이거 계속하라는 얘기구나. 사람 연구. 과학적인 실험이랑 관찰."

"……굳이 괴롭힘당하면서 실험은 하지 않아도 좋아."

"아녜요. 발로 현장을 뛰어야죠, 책상머리에 붙어 있기보다는. 아저씨 덕에 고등학교도 자사고로 전학 가고, 또 대학도 잘

갈 수 있을 테니까. 그동안 저는 계속 실험 열심히 할게요."

아이는 묘하게 들떠서 재잘거렸다. 그러더니 또 물었다.

"근데요."

"응?"

"미미랑 그 상사인가 하는 남자 있잖아요."

"……응."

"외계인일까요?"

"응?"

"외계인이겠죠? 인간을 그렇게 궁금해했으니까. 그런데 아저씨가 도출한 결과에 따르면요, 걔들은 지구인을 어떻게 생각할까요? 좋아할까요? 세상에 살아남아도 괜찮다고 판단할까요?"

빈승은 아이를 바라보았다. 빈승을 처음 만났을 때보다 많이 밝아져 있었다. 가난해서 괴롭힘을 당했다는 아이.

뱅상 식탁에서 두 엄마가 죽었다. 가해자의 엄마와 피해자의 엄마. 대중의 눈이 피해자였던 아이에게 쏠렸을 때, 아이의 아빠도 외면한 이 여자아이를 거두겠다고 나선 건 또 다른 엄마였다. 같은 사건으로 딸을 잃은, 중학생 딸을 가졌다고 하기엔 나이가 많은 '어머니'. 비극이 맺어 준 새로운 모녀의 탄생에 사람들은 감동했다. 정란은 출처 모를 총기를 들고 설쳤으나 사실은 아무 사상자도 만들지 못한 범인으로부터 남은 당첨금 모두를

이 아이에게 후원하도록 설득하는 데 성공했다. 백발을 염색하지 않은 채로 카메라 앞에 서서는 눈물을 흘리며 말했다. 이것이 자신이 할 수 있는 종류의 복수이자 동시에 용서라고.

새 가족의 탄생. 새 포장지의 탄생.

'외계인.' '세상'에 살아남아도 괜찮은 존재들. 빈승은 화재 이후 모습을 감춘 미미와 상사라는 작자를 생각했다. 그러자 퍼뜩 지금 이 순간이 분석 결과를 도출하는 과정은 아닐까 하는 의문이 들었다. 그렇지 않은가. 실험과 관찰로 얻은 데이터를 분석해야 후속 조사를 할지, 아니면 완벽한 결론을 낸 후 샘플을 폐기할지가 결정되리라.

동시에 빈승은 아이가 기뻐했으면 좋겠다고 생각했다. 지금껏 누구도 이 아이만큼 자신을 오래 바라봐 주고, 자신의 말을 믿어 주고, 게다가 자신과 비슷하게 생각하는 사람은 없었다.

"바로 그걸 판단하는 중이었어. 하지만, 후속 연구가 더 필요하다고 결론 내린 것 같아."

빈승의 말에 아이가 물었다. "연락이 아직도 되는 거예요?"

"당연하지. 네가 지금까지 했던 관찰 데이터를 입수하고 싶어 해."

"진짜요?"

"그리고 네가 더 관찰해 줬으면 바라고 있어. 이제 네 배경이 바뀌었으니까."

"그렇죠. 학교도 좋은 데로 왔고, 아저씨 돈도 있고……. 그리고 제가 '그 애'인 걸 나문 사람들은 다 알아요."

"너라는 사람은 변하지 않았는데 그런 요소들이 변했잖아. 사람들이 너를 대하는 게 어떻게 바뀌었는지 알려 줘. 그걸 보고 싶어 하는 것 같아."

거기까지 말하고 나니 접견 시간이 다 되었다며 교도관이 빈승을 채근했다. 아이는 엉거주춤 일어섰다. 가고 싶어 하는 눈치가 아니라 빈승은 조금 기뻤다.

"그러니까 자주 와서 결과를 알려 줘. 다들 너를 믿고 있으니까."

아이가 고개를 끄덕였다. 그러고는 나가려다가, 갑자기 후다닥 달려와서는 얼굴을 들이밀고 교도관이 저지하기 전에 빠르게 속삭였다.

"내가 포장을 안 하면 여전히 나를 미워할까요?"

아이는 교도관의 손에 끌려 나가면서도 손 흔드는 걸 잊지 않았다. 빈승은 인사하며 입 모양으로만 "미미, 미미" 하고 불렀다. 다중인격인지 뭔지, 그런 걸 믿지 않았다—변호사가 시키는 대로 증언은 했지만—. 언제든 미미가 다시 나타날 거라 믿었다. 아이가 말한 대로 외계인일지도. 다시 미미가 나타난다면, 이번엔 정말로 제대로 된 결론을 들고 올 거라 확신했다.

그때까지 빈승은 기다릴 거였다. 그리고 그 결론이 무엇이든, 따를 마음이었다. 빈승은 일어나서 저벅저벅 자신이 있어야 할 곳으로 돌아갔다. 그러면서 생각했다.

못생긴 것들이 연명하는 방법과, 그걸 부술 또 다른 방도에 대해서.

작가의 말

   소설 쓰는 사람에 따라 천차만별이겠으나 내 경우 처음부터 악인이라 부를 만한 무엇에 관심을 두지는 않았다. 아마 『붉은 마스크』와 그 후속작인 『강한 견해』에서 처음 그에 관한 흥미를 드러냈던 것 같다. 하지만 이후에도 내가 쓴 소설에서 악인은 드물게 등장했고, 그나마도 대부분은 조연에 가까웠다. (그리고 나는 독자들이 내가 쓰는 악인 서사를 그다지 좋아하지 않는다는 것 역시 확인했다……) 그럼에도 나는 자신이 누군가에겐 충분히 (소소할지라도) 악인이 될 수 있다고 믿는 사람이다. 더욱이 이미 다수의 악으로서 자리매김한 사람들과도 결국 한 사회 안에서 같이 살아야 한다는 사실 때문에 계속해서 어떠한 가능성을 실험하고, 파악하고, 또는 차단하기 위해 나름대로 노력해 왔다. 이 소설도 그 하나의 결과물이겠지.

뱅상 식탁의 구조는 갓 스무 살이 된 2월, 대학 입학을 앞두고 실제로 가 봤던 레스토랑에서 따왔다. 입학도 하기 전의 나를 열심히 꾀던 같은 과 남학생이 데려간 곳이었다. 질척한 토마토 스파게티를 먹으면서 걔가 내 몸을 은근슬쩍 만지던 것을 나는 모르는 척했다. 지금 생각하면 약간의 역겨움, 그리고 애잔한 마음도 든다. 어지간히 연애가 하고 싶었나 보다, 라고 (결국 실현되지 못했기 때문에) 비웃을 수 있다. 위험한 상황이 생길 뻔했다는 사실을 그때의 바보 같은 나는 알지 못했다. 어떤 악은 작은 싹의 형태로 발바닥을 스친다. 가끔 어떤 악은 덩굴이 되어 내 몸을 얽는다. 그 차이를 예상하는 방법을 나는 아직 모른다. 다만 그 가능성과 존재를 모르는 척하지는 말아야 한다는 것은 이제 안다.

  때로는 그늘과 진창에 대한 직시도 필요하다. 그러니 모쪼록 가끔은 함께 보아 주셨으면.

  아, 그리고 남의 집에 갈 때마다 엘리베이터 버튼을 몹시 신기해했던, 누르지 못하게 막으면 더욱 떼쓰며 울던 아이는 어린 시절의 나 자신이다.

설재인

뱅상 식탁

초판 1쇄 발행 2025년 1월 13일

저자 설재인
펴낸이 안병현 김상훈
본부장 이승은 총괄 박동옥 편집장 박윤희
책임편집 이경주 디자인 박지은
마케팅 신대섭 배태욱 김수연 김하은 제작 조화연
2차저작권 관리 문주영

펴낸곳 주식회사 교보문고
등록 제406-2008-000090호(2008년 12월 5일)
주소 경기도 파주시 문발로 249
전화 대표전화 1544-1900 주문 02)3156-3665 팩스 0502)987-5725

ISBN 979-11-7061-217-9 (03810)
책값은 표지에 있습니다.